Todo lo de cristal

Seix Barral Biblioteca Breve

Rafael Pérez Gay
Todo lo de cristal

Toda memoria viene de ese lugar donde la vida, para bien y para mal, se ha cumplido. No hay encuentro con el pasado sin un toque de magia, sin aires fantasmales. Leo que en su vejez Stravinski escribió esto: «Me pregunto si el recuerdo es veraz, y sé que no puede serlo, vivimos conforme al recuerdo y no a la verdad». De eso trata este informe nocturno.

Una trampa del tiempo me acercó a una pequeña oficina de Mudanzas Chapultepec y me despeñó en un barranco del pasado. Sé de mudanzas. Si mis cuentas no fallan, acompañé a mi familia en veintidós cambios de domicilio. Éramos maestros del desalojo y un poco ilusionistas: nos ven, ya no nos ven. Yo sabía de qué iba la cosa cuando llegaba mi madre cargada con cajas de cartón de Fab Roma. Nos vamos: a empacar. Como comprenderán, no había baúles, ni maletas, ni velices; nada, sólo cajas de Fab que un día trasladaron el polvo limpiador, ésas son las que recuerdo, y apúrense porque salimos a las diez de la noche.

Si desaparecíamos en la ciudad protegidos por la penumbra, el asunto no era broma, podía terminar en una persecución judicial. Una brigada formada por mis hermanas mayores atacaba la ropa de los clósets y las cómodas y la convertía en intratables colinas puestas sobre la cama, después tomarían su lugar en las cajas. Si faltaban cartón y tiempo, de plano una pila de ganchos; fantasmas, pensaba yo. Luego, los enseres de cocina, todo lo de cristal envuelto en papel periódico, ése sí sobraba en la casa, y el trabajo me tocaba a mí: todo lo de cristal. Mientras envolvía vasos, ceniceros, floreros, me daba tiempo para leer periódicos viejos. Un gol de Pelé, una atajada de Antonio Mota —el portero del Necaxa— que habían ocurrido tiempo atrás, ésa fue mi primera hemeroteca.

No siempre se trataba de huir de los acreedores. Un día amanecimos en un departamento amueblado de la calle Herodoto. Otro día, en el bulevar Miguel de Cervantes Saavedra, atrás del Sanatorio Español. He vuelto a ambas calles y he observado los edificios que habitamos un tiempo. Uno convoca fantasmas sin saber. Y vienen. Tomo notas sin mucha suerte para un relato o un capítulo. Cervantes se ha convertido en una gran zona comercial que revaluó las propiedades de ese núcleo urbano. En el remoto año de 1968 el bulevar no prestigiaba a nadie, se trataba de una amplia calle vacía poblada de fábricas, a dos cuadras de la vía del tren donde había un muladar. Nuestro despertador era el ferrocarril de Cuernavaca.

La calle Herodoto, en cambio, perdió las aspiraciones de la colonia Anzures. En estos días, en esa zona se puede uno extraviar entre tendajones de comida callejera, olores pútridos, venta pirata, narcomenudeo. Me gusta escribir esto:

lo que son las cosas. Lo digo y abandono la calle con el recuerdo de mi familia envuelta en las llamas de la esperanza. Alguien siempre decía, sin dramatismos: pronto todo va a mejorar.

Los reyes de la mudanza. No nos fallaba nada. Cuando todo estaba empacado, ganábamos tiempo y reuníamos las cajas cerca de la salida de emergencia. Conseguir el camión de la mudanza, un arte que mi madre dominó toda su vida y mis hermanas heredaron. Mudanzas Padilla y Chapultepec, una utopía.

—Son carísimos, unos rateros —gritaba mi padre.

Afuera de los mercados siempre hay transportes de carga y choferes con los cuales es posible establecer una negociación razonable. Como saben quienes se han mudado más de una vez, si el piso del edificio está en lo alto, el precio aumenta.

No quisiera ser mal entendido, no siempre desaparecíamos sin pagar la renta. Había algo genuino, un aire de gitanos, de nómadas, de tribu en busca de un porvenir. Mi padre no sabía estarse quieto, como si sólo en el nomadismo hubiera vida. En otras ocasiones, cierto, se acumulaba una deuda de cuatro meses de renta vencida. Cuando se llegaba a un callejón sin salida, a un atorón en el cobro de las mensualidades, el casero prefería aceptar pagarés firmados a cambio de que la familia no abandonara el departamento sin avisar.

De las veintidós veces que nos mudamos de casa o departamento, la mayor parte ocurrió en la colonia Condesa y no sabría decir en qué condiciones, la infantería no pregunta, cumple con su deber. Camino por la Condesa y me detengo en los lugares donde pasamos temporadas largas. De algunos cambios, sólo recuerdo un trajín del carajo y unas escaleras por las que estibadores expertos cargaban nuestros muebles. Esta ráfaga de recuerdos, decía, me vino cuando me acerqué a la pequeña oficina de Mudanzas Chapultepec. También recordé una frase que escribió Fernando Pessoa cuando quiso explicar algo importante de su vida: todo empezó con la mudanza. He buscado la iluminación de Pessoa y no la encuentro. Tal vez nunca la escribió y sea sólo parte de la locura de todas sus múltiples personalidades.

En algún lugar de nosotros llevamos un museo íntimo. En el mío hay una habitación del recuerdo en la cual guardo los sellos de los litros de leche, delgadas láminas rojas y azules, éstas últimas conservaban leche de mejor calidad; una envoltura de queso fresco marca Supremo; una bolsa de papel de estraza en la cual la panadera depositaba el pan de la mañana y de la noche: Panificadora Nuevo León. Veo un bote de cartón de avena Quaker, boletos de a treinta y cuarenta centavos de los camiones Mariscal Sucre, Santa María, Arcos de Belén.

En el centro de ese museo personal hay una televisión encendida todo el día y parte de la noche, una Admiral de maderas rojizas: bulbos y cinescopio, dos palabras clave. Si se fundía un bulbo, esa desgracia exigía un viaje a República del Salvador, una odisea en las calles del Centro; si fallaba el cinescopio, la televisión quedaba moribunda y nosotros desesperados.

Más piezas de museo, los usos múltiples del bicarbonato de sodio: para lavarse los dientes, para eliminar los malos olores del sudor, una pasta húmeda en el lavabo del baño y, desde luego, una cucharada para mitigar las agruras por los excesos de la comida. Las cafiaspirinas, gran panacea de mi madre, dos tabletas después de la comida para fortalecer la vigilia y las ganas de vivir. El cepillo de carey con que mi mamá se desenredaba el pelo frente a la luna biselada; pagaría por tenerlo de vuelta en la casa, algo del olor dulce de mi madre. Todo museo despierta a los fantasmas que llevamos dentro.

1963

CIUDAD DE MÉXICO

❖

Calle Atlixco 34
Colonia Condesa

La memoria ha convertido mi infancia en una zona turbia. He vuelto a la hemeroteca para saber si algunos de mis recuerdos son inventados o en verdad ocurrieron. Esta recomendación le pertenece al escritor argentino Ricardo Piglia: en materia de creación literaria siempre hay que empezar por los restos, por lo que no estaba escrito, ir hacia lo que no estaba registrado, pero persistía y titilaba en la memoria como una luz mortecina.

Tengo frente a mí el viejo periódico *Excélsior* y he abierto mi *laptop*. Antes había que arrastrar la pluma durante horas para traer un trozo del pasado, ahora se puede copiar en la pantalla a través del teclado de la computadora. Fui directo a los periódicos viejos. A quienes nos hechizan las hemerotecas somos como ladrones capaces de vilezas grandes con tal de descubrir alguna noticia perdida entre el polvo de los anaqueles.

Me dicen que los tiempos han cambiado y que las sondas que se internan en el pasado se realizan por internet, los periódicos han sido digitalizados, pero no todos, ni los más necesarios. En mis tiempos, uno se empolvaba y corría el riesgo de pescar unos hongos raros en el pulmón y otros males respiratorios con tal de encontrar un periódico desconocido en un fondo reservado. Las hemerotecas son prolongaciones interminables de una realidad que no conoce final, un hecho lleva a otro y luego a otro, una vida desemboca en una trama de historias inasibles.

Eran los tiempos en que Carlos Denegri mandaba en la primera página del periódico *Excélsior* que dirigía Rodrigo del Llano con una columna escrita en la oscuridad del soborno y la injuria, dos rasgos que regían las relaciones entre el periodismo nacional y el gobierno. Mi padre afirmaba que Denegri era capaz de todo, sin excluir la difamación y el cumplimiento de sus amenazas abyectas.

En 1963, una extraña máquina atraía la atención de todo el mundo como un imán poderoso: la primera copiadora Xerox. Mientras hojeo el viejo *Excélsior,* tengo la impresión de que a principios de los sesenta a todas las cosas las envolvía un aura de novedad. Un grupo de periodistas y escritores buscaba las claves políticas de su tiempo. Ese impulso los sentaba cada semana frente a la máquina de escribir: Pedro Gringoire, José C. Valadés, Agustín Navarro, Pedro Ocampo, Rosario Castellanos, Miguel León Portilla. Me inquieta pensar que conozco el futuro de cada uno de ellos, sé cómo serán sus próximos cuarenta años e incluso, en el caso de algunos, cómo morirán.

10 de enero de 1963. Un anuncio nos informa que ya circula en México el primer coche Borgward de Alemania,

totalmente fabricado en México. Paso revista al Valiant, al Opel, al Impala, pero no visualizo con claridad el Borgward. En cambio, sí recuerdo a los inmortales del espectáculo anunciados para esa noche en los teatros Iris y Blanquita: Carlos, Neto y Titino, La Sonora Santanera y Sonia López, Daniel Riolobos, Marco Antonio Muñiz, Luis Alcaraz, Rosa Carmina, Olga Guillot.

La cartelera cinematográfica anunciaba el estreno en el Palacio Chino de *Cuando los hijos se pierden*, con Julio Alemán y Gina Romand. El texto del anuncio prevenía: «¿Cómo llegan los jóvenes al matrimonio?».

He tropezado con un eco antiguo que resuena en el territorio de mi infancia: «El delicioso chicloso sabor chocolate te invita a ver sus series de televisión: *Rin Tin Tin*, *Patrulleros del oeste*, *El niño del circo*. Además, Ko-Ri te obsequia, por veinticinco envolturas y $3.50, un modelo de avión a escala Revell Lodela».

En la columna «Frentes Políticos» de Rogelio Cárdenas: «Treinta y nueve afortunados personajes de México figuran en la lista de invitados del licenciado Díaz Ordaz, candidato del PRI a la Presidencia de la República, para acompañarlo en la tercera etapa de su gira de campaña electoral». En esa campaña terminó una época de México.

Informo rápido: el jueves 16 de enero de 1964, a las 20:30 horas, se inauguró el primer Hexagonal de la Ciudad de México con el partido Necaxa contra Partizán de Yugoslavia. El Necaxa saltó a la cancha con cuatro refuerzos. La alineación fue ésta: Ataúlfo Sánchez, Fu Reynoso, Peña, Majewski y Jáuregui; Romo y Evaristo; Del Águila, Etcheverry, Ortiz y Peniche. El resultado del encuentro lo guardaré sólo para mí. Voy a hacer una pausa. No se deben recordar tantas cosas de golpe y porrazo.

Vuelvo. Cosas que nunca entraron a la casa de Atlixco: los casimires Avantram («Elegancia y caída únicas»), los trajes Tempo de Men Lova («Tempo es viril elegancia en la moda masculina»), un Girard-Perregaux («El 73% de todos los certificados de observatorio calificaron a Girard-Perregaux como el mejor cronómetro del mundo»), el *whisky* VH («¿Le parece raro que haya un buen *whisky* que cueste menos que los importados?»), las llaves para encender el Dodge Coronet («El coche del momento»), la «bonanza asegurada» de 1964 según la primera plana del *Excélsior* del 2 de enero: «Comercio pujante; peso firme. Mil millones de dólares lo apoyan». La bonanza pasó de largo, no se detuvo en casa.

Los fantasmas deambulaban dentro de la televisión Admiral blanco y negro, un portento de aparato que nos siguió con la fidelidad de un perro departamento tras departamento. Me refiero al aura que cargaban las personas y los objetos en la pantalla. La antena, un gancho de metal para colgar la ropa y un cable transparente que compramos en una tlapalería y que nunca he vuelto a ver puesto a la venta. Uno de los sonidos que me atravesaba los huesos lo emitía el aparato en la madrugada, cuando todos dormían. Mi madre le llamaba nieve, lo más parecido a la nada puesto en la televisión.

Spielberg realizó con esa imagen una gran película: *Poltergeist*. El selector de baquelita se había roto y para cambiar canales usábamos unas pinzas para apretar tornillos.

El Canal 5 apenas emitía una señal débil a través de la cual adivinábamos *Hawai 5-0*, *Mannix*, Napoleón Solo. En el Canal 2, repetían la historia de *Gutierritos* en episodios diarios.

Una mañana mi papá encontró en el clóset unas acciones de Teléfonos de México y ese mismo día las vendió en la sucursal más cercana de la telefónica. En ese tiempo acompañé a mi madre a solicitar una línea de teléfono. El infierno, una fila larga de una hora. Hicimos un pago en efectivo, no manejábamos cheques ni de broma. Mi padre sí usaba cheques, todos sin fondos para soportar el pago. Los acreedores nos perseguían e incluso nos demandaban. Mamá me sentó en el mostrador mientras llenaba formatos. Al final, me dijo que en tres o cuatro meses tendríamos un teléfono en casa. Pasó el tiempo.

Un día, entraron dos hombres con un aparato envuelto en plástico. Un pesado teléfono de baquelita negra tomó su lugar en una mesa del pasillo. El cable daba para hacerlo llegar hasta la sala. Nos dijeron nuestro número: 52 21 15. Mi mamá tomó el auricular y discó seis números.

—¡Eva! Ya tenemos teléfono. Háblame para ver si sirve.

Su hermana le habló. Oí el timbre de nuestro aparato. Mi madre lo dejó sonar tres veces. Lo estaba probando. Mi mamá siempre probaba las cosas: la televisión, las llaves en la cerradura, la energía eléctrica e incluso los alimentos.

Siempre un trago de leche antes de llenar el vaso. Recuérdenlo, un trago antes del vaso completo de leche. Los lácteos se pudren con rapidez de espanto, nunca se sabe.

Si marco al 52 21 15, ¿quién va a contestarme? Suena que llama:

—¿Bueno?

— Soy yo, mamá.

—Es muy tarde, si vienes toma un taxi. ¿Hablas desde una caseta?

Se refería a una cabina desde la cual, con una moneda de veinte centavos, se podía establecer comunicación telefónica.

—Una caseta, sí. Ya voy. Espérame, no te vayas. Quería decirte algo que no te dije cuando vivías.

—Acá espero.

Estoy cerca de algo, pero no sé bien de qué, lo voy a averiguar.

Podría contar mi vida a través de los teléfonos que tuvimos en la casa familiar. Hablo de los aparatos de baquelita y disco numerado en el centro. Éste es un resto y titila en la memoria. Hablar a Alemania donde vivía mi hermano llevaba una semana, la conexión se establecía vía Roma, no me pregunten por qué. Cuando llegaba el día señalado, todos le gritaban al auricular y el eco impedía oír la respuesta.

—¿Cómo estás, manis? —Yo no contestaba. Fingía que no había escuchado.

Sólo se escuchaban las palabras que se repetían a lo lejos. El eco, ese sonido que busca una respuesta a destiempo.

Los teléfonos cambiaban de color. Uno blanco, más ligero, de plástico y con un cordón largo para llevarlo y traerlo dentro de casa. Mi padre hablaba desde las seis de la mañana. Durante mucho tiempo me desperté muy temprano y oía las conversaciones de mi papá con su jefe, Rubén Zuno Arce, cuñado del expresidente Echeverría. La obsecuencia, el miedo y el sometimiento con que mi papá contestaba derruían mi dignidad. Un hombre rudo como él vencido por un rufián.

Un día ya no se discaba en los teléfonos, se pulsaban teclas con números. En uno de esos aparatos mi madre daba noticias como aforismos: se acabó el dinero. El dinero siempre se acaba. O bien: puras mortificaciones, de eso se trata la pinche vida; o esto otro: mejor vete de la casa, contigo esto no es vida. Suena a telenovela. Monsiváis dijo que la vida es una telenovela sin patrocinador.

Ahora tengo un teléfono celular de última generación, pero cada vez hablamos menos. Todo se resuelve con mensajes mal escritos, sin puntuación, repletos de erratas. En una nube, dicen, todo se guarda, ésos son los restos donde titila la memoria como una luz mortecina. De eso hablaba Piglia. Escribo este mensaje: nada se va del todo. Por cierto, muchas veces nos cortaron el teléfono por falta de pago.

Supongo que tengo edad suficiente para hacerme cargo de algunos recuerdos. Una tarde, papá me llevó a caminar. Me explicó los orígenes de la colonia Juárez, me habló de la

Hacienda de la Teja donde creció ese barrio y de la avenida Reforma. No voy a alargarme en ese origen. Me hablaba como si yo tuviera muchos más años. No creo, a decir verdad, que aquel niño tuviera más de cinco. Me cansé y mi papá me llevó en sus hombros. Fui un gigante feliz. Todos hemos sido gigantes dichosos algún día. Tocó a la puerta de una casa, he olvidado el nombre de la calle, más bien nunca lo supe. Una mujer abrió la puerta y gritó:

—¡Lo trajiste!

Mi hermano me contó que era una mujer muy bella, pero no la recuerdo. Sé, en cambio, que me dio dulces y cariños toda la tarde. Los adultos creemos que los niños son sordos. En algún momento, ella le dijo:

—Si vivimos juntos, ¿lo traemos con nosotros?

Se sabe, el amor y la vanidad hacen locuras. Mi padre respondió rápido y sin vacilar:

—Sí.

Regresé a casa de nuevo sobre sus hombros, papá me pidió entonces algo que nunca más en la vida, nuestras vidas, volvió a pedirme:

—La señora Ingelmo es una amiga muy querida, no le digas a mamá que vinimos a su casa.

Así conocí la culpa.

La casa de la calle Atlixco, en la colonia Condesa, era una construcción estilo *déco* californiano que rentamos cuando salimos, como alma que lleva el diablo, de un departamento de la calle Veracruz esquina con Pachuca en el año de 1963. Mi hermano se adueñó de un torreón donde hizo un estudio existencialista. Seguía, libro tras libro, a Albert Camus, a Jean-Paul Sartre y a Simone de Beauvoir. Camus había muerto en un accidente automovilístico. Los dos escritores derribaron el árbol de su amistad con los hachazos de la vanidad y la política. Todas las amistades guardan una traición y luego lejanía e incluso odio. Les digo: ninguna amistad es para siempre. Beauvoir publicó en los cincuenta *Los mandarines* donde contó aquel duelo de titanes, en esas páginas describió a Sartre como una mente brillante y un hombre monumental, y a Camus como un ser inferior a sus ambiciones. Ella era un escándalo de libertades íntimas, buscaba jóvenes alumnas infatuadas con su inteligencia y fundaba tríos amorosos con Sartre. En nuestros días les caerían a palos por enamorar y seducir jovencitas menores de edad.

En aquel torreón, mi hermano leía a estos ases del pensamiento francés mientras en la cochera para dos automóviles, que desde luego no teníamos, yo entrenaba con un balón y narraba partidos de locura en los cuales yo era el cronista y los veintidós jugadores al mismo tiempo. Como Pessoa, yo también tenía muchas personalidades.

Crecí en una casa de mujeres, mi madre y tres hermanas. Mi hermano se había ido a Alemania y mi padre se perdía en los laberintos de su vida, en la palma de su mano brillaba la Ciudad de México. En la calle Dolores, cerca del Barrio

Chino, vivía la otra familia de mi papá, pero esto ya lo conté en otra página. Se llamaban casas chicas, aunque ésta de la que hablo no era tan chica: una viuda, cinco hijos y una hija de aquel amor oscuro y potente como una esperanza a los cincuenta años.

Las mujeres de la casa, todas mayores que yo, me querían y me cuidaban. Un psicoanalista rígido como un soldado diría que una parte de mi feminidad viene de allá. Aprendí del amor en las telenovelas de las seis o de las siete de la tarde: *Fallaste corazón*, *Muchacha italiana viene a casarse*, *La mentira*, *Simplemente María*. Mi padre regresaba a las diez de la noche, cansado de sus sueños rotos, y le reclamaba a mi madre:

—Si siguen viendo telenovelas, lo vas a volver maricón.

Era una amenaza aterradora que nunca olvidé. Mamá reclamaba:

—Llévalo contigo, entonces.

Y me llevaba.

Esa rara búsqueda de masculinidad me hizo conocer el Centro de la ciudad, la calle Gante donde mi padre tuvo una tienda de ropa exclusiva para caballeros, «ropa finísima», me decía. En esa misma ruta, hacia el Zócalo, llegamos a la esquina donde un día estuvo el bar de Peter Gay, Portal de Mercaderes y Madero. Los cines eran ciudades en la oscuridad. El Palacio Chino, el Orfeón, el Real Cinema, el Pathé. Cuando desaparecía el puño con el que mi padre golpeaba a todo aquel que lo desafiaba, en la palma de su mano se iluminaban las viejas calles, los edificios, los monumentos.

Las ciudades guardan en los mapas de su pasado secretos y misterios nunca revelados.

Caminábamos por Cinco de Mayo cuando mi padre me dijo:

—En una época esta calle estuvo cerrada. Aquí donde estamos, exactamente aquí —mi padre les añadía a las palabras tonalidades dramáticas—, estaba el Teatro Nacional.

Muchos años después supe que mi papá sabía de lo que hablaba, se refería a la demolición del Gran Teatro Nacional en 1901. El Gobierno Federal compró el teatro para restaurarlo, pero luego de un tiempo decidió demolerlo para prolongar la avenida Cinco de Mayo hacia la calle Mariscala. Entre los derribos del Teatro Nacional, los urbanistas porfirianos decidieron sustituirlo por un nuevo teatro: el Palacio de Bellas Artes.

El hechizo de París derribó cientos de edificios. Porfirio Díaz y sus socios no sólo vieron en los terrenos de la ciudad un gran negocio, sino un emblema del futuro. Según el sueño porfiriano, el destino de nuestras calles era París y la muy pequeña Ciudad de México, repleta de callejones laberínticos y palacios coloniales, impedía el desarrollo.

Todo gran proyecto urbano produce fortunas inmensas. Ésta puede ser una de las razones que esgrimieron los arquitectos porfirianos para derribar el Teatro Nacional: no existen ciudades modernas sin grandes avenidas. Los franceses lo llamaron «embellecimiento estratégico», llevado a cabo por el Barón Haussmann en el París del siglo XIX, el hombre a quien Napoleón encargó las grandes reformas de esa ciudad. La idea de una nueva Ciudad de México se abrió paso en la calle de Vergara, Betlemitas y el Callejón de la Condesa, a la altura de Bolívar. Una mañana de aquel año, quienes caminaban por Cinco de Mayo no volvieron a ver el Teatro Nacional, sino el cielo abierto y bajo los terrenos del convento de Santa Isabel, delante del Mirador de la Alameda. En ese espacio se construyó el nuevo Teatro Nacional, Bellas Artes.

Haussmann se llamaba a sí mismo «Artista Demoledor»: destruyó el París viejo y construyó el nuevo. La demolición del Teatro Nacional construido en 1842 marca el fin de la vieja ciudad colonial que Díaz llevaba años derribando calle a calle y piedra sobre piedra para darle lugar a la nueva Ciudad de México que aún no ha desaparecido del todo.

En 1903 el arquitecto Adamo Boari, encargado de la construcción del Palacio Postal, ese lugar donde muchas veces mi madre depositó las cartas que le escribía a mi hermano, presentó a la Secretaría de Comunicación y Obras Públicas un proyecto para la edificación del teatro nacional. El calvario del nuevo teatro, que se inauguró hasta el año de 1934, empezó con un presupuesto mal hecho. Boari firmó un documento en el cual explicaba que con 4 millones 200 mil pesos construiría Bellas Artes en cuatro años. Nueve años después, se había gastado el triple del presupuesto. Durante los primeros treinta años del siglo xx, el Palacio de Bellas Artes fue un símbolo de la Ciudad de México: un sueño inacabado interrumpido por una guerra civil. En ese tiempo, una ciudad creció alrededor de ese monumento puesto en el altar del porfiriato.

Toda esta historia entraba en el estuche de las frases que escuché en la avenida Cinco de Mayo. Mi padre también fue un artista demoledor. A su modo, demolió una vieja familia y construyó sobre los escombros una nueva, pero no sabía a dónde llevarla o con qué recursos fincarla en la vida.

Siempre volví a la casa de las cuatro mujeres y a las telenovelas. Cuco Sánchez amaba a Sonia Furió, pero ésta lo despreciaba porque era pobre, lo humillaba y él se refugiaba en el cariño de una ciega, vecina de su departamento, ella era Lupita Lara. Lupe, personaje que interpretaba Cuco, trabajaba en la construcción de la línea 1 del metro, la obra que transformó a la Ciudad de México y que empezó cuando el regente Corona del Rosal inauguró las obras en el año de 1969.

—Ya va a empezar *Fallaste corazón*. —Suspensión total de actividades y a cantar: «Y tú que te creíste / el rey de todo el mundo / y tú que nunca fuiste / capaz de perdonar».

Por cierto, guardé para mi padre el secreto de la señora Ingelmo, una brasa en el alma, si se me permite la cursilería de fuego. Nunca le dije nada a mi madre, pero me apegué más que nunca a sus faldas y a las de mis hermanas.

Así conocí el efecto sedante de la mentira y el dolor de la lealtad.

1965

Ciudad de México

❖

Avenida Nuevo León 147, interior 105
Colonia Condesa

El camino a Xochimilco confluye en alguno de sus puntos con la calzada de Tlalpan en la glorieta de Huipulco. Desde esa rotonda se llega al Estadio Azteca. *Tlalpan* quiere decir «sobre la tierra». Durante la época virreinal se llamó San Agustín de las Cuevas.

No recordaba que, a principios de 1962, en el sur de la ciudad se oían las explosiones con que los ingenieros de Pedro Ramírez Vázquez se abrían paso entre la piedra volcánica para cimentar el Estadio Azteca. La ciudad se transformaba y se adueñaban del mundo Gustavo Díaz Ordaz, Stanley Rous, Ernesto P. Uruchurtu, Emilio Azcárraga Milmo, Guillermo Cañedo, Julio Orvañanos, Fernando González. Repasemos: el presidente, el máximo jerarca de la FIFA, el dueño de Telesistema Mexicano y los presidentes del América, el Necaxa y el Atlante. Todos ellos acudieron una mañana de junio de 1966 al palco presidencial desde donde se inauguró el Coloso de Santa Úrsula.

Si entro por los pasillos de la memoria, me encuentro con Guillermo Zamacona, un asociado de Azcárraga Milmo, accionista de la cervecería Moctezuma. Mi padre colaboraba con Zamacona. Recuerdo que mi papá era un buen operador, gestor, un hombre capaz de meterse hasta la cocina de sus enemigos. Su base de operaciones estaba en Polanco. Trabajó fuerte y pesado, pero feliz y pletórico, durante los años de la construcción del Azteca. El resultado: dos palcos de nuestra propiedad.

Nunca fui tan feliz. El estadio al alcance de la mano. El 29 de mayo de 1966 nos perdimos el encuentro de la inauguración, América contra Torino, pero mi padre se comprometió al segundo juego. Ese día se enfrentaban el Necaxa contra el Valencia. A mí el palco me parecía como un departamento de lujo donde podríamos vivir: una sala interior, un baño, cocineta, televisión, en fin, lo mejor de lo mejor. Las cosas de la vida, los palcos se pusieron en venta, supongo que a un precio de risa, para salir adelante de dos o tres deudas agobiantes.

En la mesa del comedor, los periódicos desperdigaban noticias que yo intentaba descifrar durante el desayuno. Recuerdo una que recuperé una vida después: «Tokio, 12 de junio de 1966. China comunista recibió hoy la advertencia de que se realiza en la nación una revolución cultural sin precedentes en la historia». ¿A quién le importaba? A mí, no.

Yo era feliz entonces. Una felicidad que nunca ha durado tanto en mi vida. Voy a escribir la breve crónica de esa alegría: el equipo de Necaxa ganó el 17 de abril de 1966 el título de Campeón de Campeones derrotando al América 2 a 0.

Dentro del marco imponente que presentaba el estadio de Tlalpan, abarrotado hasta el máximo de su capacidad, mi equipo ganaba.

Yo hubiera deseado que la vida siguiera siempre ese camino, pero eso es imposible. Los dos tantos que le dieron el triunfo a los rojiblancos fueron realizados por el delantero argentino Dante Juárez, el Morocho. El primero a los 22 minutos del segundo tiempo con un gran disparo desde fuera del área, y el segundo a los 37 como producto de una brillante jugada personal.

Yo tenía una memoria que he perdido, pero me sabía esto: Mota; Reynoso, Majewski, Albert y Mario Pérez; Romo y Jiménez; Martínez, Juárez, Javan y Peniche.

También podía recordar esta alineación: Iniestra; Martínez, Bosco, Negrete e Ibarreche; Mendoza y Ayala; Coco Gómez, Zague, Vava y Moacyr. Se las traía el América. Les digo: fui feliz y leía periódicos.

Al terminar el encuentro en el estadio del Pedregal, el director técnico del equipo Necaxa, Miguel Marín, dijo que se sentía muy satisfecho, no sólo por el triunfo de ese día, sino por toda la campaña de la escuadra necaxista a lo largo del Torneo de Copa. Dijo también que los jugadores serían premiados con unas bien ganadas vacaciones en el puerto de Acapulco, que habían sido ya acordadas con la directiva.

Por su lado, Ángel Papadópulos, en el vestidor del América, expresó que el Necaxa jugó más y supo aprovechar mejor sus oportunidades: «A nosotros nos hicieron falta

Del Águila y Portugal; la realidad es que nos comieron en la media cancha y tuvimos que resignarnos con la derrota». Yo también, muchas veces, he tenido que resignarme a la derrota.

El departamento de la calle Nuevo León estaba en el primer piso. Si lo anunciara para rentarlo, escribiría esto: «Amplio y soleado departamento en la colonia Condesa, estancia de sala y comedor con vista al camellón de palmeras de la avenida Nuevo León, tres recámaras, baño y medio, cocina y antecocina».

Se alquila, no se diga más. Una renta de depósito, una de adelanto y fianza. Mi madre se encargaba de las negociaciones, se acercaba a los cuarenta y cinco y era la propietaria no de una casa, sino de un encanto discreto, ése no se alquilaba, ella era la dueña, un atractivo imperceptible que descubres de pronto como un golpe de luz; menuda, de cuerpo elegante y rostro hermoso. Inspiraba una rápida confianza. Una noche soñé que hacía el amor con ella: una joven guapa entregada a mí, pero esto no es un diván, sino un informe nocturno de las mudanzas de la familia.

La firma del contrato, un triunfo. Rentado el departamento. Instalamos sala y comedor. Mesas de apoyo, lámparas. Recámaras completas. La casa puesta con la ilusión de una vida sedentaria, menos rasposa. Pero con el tiempo supe que nuestro espíritu gitano era irremediable.

No sé si se trataba de una práctica común en las casas de medianía financiera, pero nosotros no teníamos refrigerador. Por las noches, mi madre ponía la botella de leche en el pretil exterior de la ventana de la cocina para que el fresco de la noche y la madrugada la mantuvieran en buen estado. Por eso había que probarla en la mañana, y hervir una o dos tazas. A veces nos daba una mala noticia:

—Se cortó la leche.

—Se jodió el desayuno —decía mi hermano.

No la menor de las desgracias ocurrió cuando nos cortaron la luz por falta de pago. La hecatombe, diría mi padre. Oscurecía a las seis y media de la tarde y empezaba el reino de las tinieblas. Sé de velas, conozco la parafina, la manipulo con destreza desde los seis años. No miento. Ese mundo de sombras me inspiraba miedo, pero a la vez me daba seguridad: nadie nos encontraría en la noche, los perseguidores nos perderían la pista. Mi hermano leía a Freud, la traducción de López Ballesteros, los libros de colores refulgentes con las siluetas de un hombre y una mujer que avanzan no sabemos si al cielo o al infierno. Leía a la luz de tres velas puestas en el cuello de las botellas vacías. Las tengo aquí en la mente: un casco, así se les decía a las botellas de vidrio vacías, de Orange Crush, otro de Delaware Punch y otro de Barrilitos. Bebí cientos de esas gaseosas. Mi madre leía también a Freud, *Tres ensayos sobre sexualidad infantil*, por recomendación de mi hermano. Recuerdo que mamá le decía:

—No toda enfermedad tiene un origen en traumas sexuales.

Como en otras cosas, mi madre tenía razón.

Mis hermanas mayores oían una radio de transistores en la noche, así se llamaban esos aparatos portátiles de pilas.

Vendían cómics entre sus amigos y amigas y compraban pilas Rayovac. Bailaban como reinas el *Rock del angelito* que cantaba Johnny Laboriel, el joven rockero moreno que encendía las fiestas de los jóvenes que hacían sus primeras armas amorosas en los años sesenta. Mi padre llegaba más tarde y se perdía por el pasillo oscuro rumbo a su recámara.

Aun en estos días, me pregunto si ese tiempo de oscuridades no significó para mí la felicidad. A veces en las sombras crece la alegría. Lo digo de verdad, aunque, como dijo Pessoa, la verdad es un error de perspectiva.

—Si se llevan el medidor de la luz, estamos perdidos —dijo mi padre.

A mi madre y a mí nos dejaban solos en la mañana y hasta la hora de la comida: el paraíso. Un mal día, una cuadrilla de trabajadores de Luz y Fuerza arrancó el medidor, ese cubo de metal y cilindros que sirve para que fluya la energía eléctrica desde el exterior del alumbrado público hasta el interior de la vida privada. Consecuencia: diez meses sin luz. No me pregunten por qué, lo ignoraba entonces y lo ignoro mientras escribo las líneas de este informe.

El edificio se dividía en dos grandes bloques y en la mitad había un jardín de pasto cuidado por la obsesión de Pascual, el portero del edificio, un sueño para grandes juegos de futbol, pero el cancerbero lo prohibía mediante persecuciones consistentes y detenciones preventivas. Nos requisaba la pelota y la devolvía a nuestros padres con severas denuncias de los delincuentes. Aún no iniciaba mi educación primaria, cuando los hijos y las hijas de los vecinos salían a su colegio de párvulos, yo me quedaba en casa, decía, y armaba batallas históricas con pequeños ejércitos de plástico. Mi atuendo era definitivo y consistía en una playera roja y un pantalón vaquero negro. Los tenis no eran de uso común, mis zapatos negros de puntas raspadas eran, además, mis botines de futbol. Mis amigos me señalaban:

—Siempre te vistes igual.

—Es el uniforme de la escuela —contestaba con seguridad y orgullo de mi colegio imaginario.

Desde el ventanal, en la calle de enfrente veía a mi hermano abordar el camión Xochimilco-Culhuacán para ir a la Universidad Iberoamericana donde había conseguido un lugar de oyente en las aulas.

No teníamos cortinas en la sala y el comedor, la casa era como un teatro abierto al mundo, sin telón; el departamento y la familia, escenarios transparentes con las bambalinas y la tramoya a la vista.

Tengo un recuerdo que froto de vez en cuando como una moneda en el bolsillo. En la puerta del departamento que alquilábamos, mis hermanas mayores intercambiaban cómics con dos amigos, jóvenes pretendientes del barrio. Cuando llegó mi padre, escándalo. Las niñas, dos adolescentes de dieciocho y diecisiete años, adentro a empujones, y los pelafustanes, a la calle.

Conocí entonces el arte de la ofensa que mi padre dominaba como pocos:

—No voy a permitir que estos léperos, mecapaleros, entren a mi casa. —Y la razón quedaba sepultada bajo un alud de improperios.

Tardé años en saber lo que era un mecapalero, durante mucho tiempo sólo asocié la palabra al vendaval del desprecio. En ese tiempo, los abogados y los actuarios visitaban el departamento. Los abogados nos buscaban con la intención vana y algo ingenua de cobrar cuentas pendientes con la familia. Yo sabía que no les íbamos a pagar ni un peso por la simple y sencilla razón de que no lo teníamos.

—Vinieron los abogados a cobrar —informaba mi madre.

—¿Abogados? Son unos carboneros. —Estallaba la respuesta como un petardo en el centro de la casa.

Según mis cálculos, le debíamos dinero a unos carboneros que además eran abogados. Algo parecido ocurrió cuando el lechero suspendió el suministro de leche.

—Es un carnicero, un mequetrefe.

La ambigüedad me volvía loco: los abogados eran carboneros y los lecheros se dedicaban además a atender una carnicería. Todos tenían oficios dobles. Sólo los unía la certeza a la que mi padre recurría como a una tabla de salvación en los duros, difíciles años sesenta: no eran gente decente.

Carboneros, mecapaleros, carniceros, mequetrefes, es decir, pelados. Tardé años en enterarme de que esos insultos aludían a personajes pobres de la Ciudad de México que ejercían diversos oficios. Usado como ofensa, la ocupación se convertía de inmediato en un eco racista desprendido de la moral social porfiriana que se extendía a lo largo del siglo xx inmune a los cambios. Un día supe que el mecapalero se ponía el mecapal en la frente, un tejido de mecate unido a un cesto para llevar una carga en la espalda. El mecapal, ese ancestro del diablito que se alquila en los mercados para transportar la compra, no tenía buena prensa en la casa. El carbonero, surtidor del combustible en el siglo xix y principios del xx, era inconfiable, cuidado con ellos. Supongo que la mala fama del carnicero se relacionaba con el rastro, el matadero y los delantales manchados de sangre mientras aplanaba los bisteces. Aún me llama la atención que la familia de mi padre, los abuelos, escogiera esos oficios como sinónimos del menosprecio y no, por ejemplo, al aguador, a la estanquillera, al tocinero o al panadero. A veces, otras profesiones resonaban en casa con el estruendo de la injuria, pero no con la fuerza del mecapalero, el carbonero y el carnicero. Mi padre describía a los políticos de la época con dos viejos oficios:

—Nos gobierna un grupo de arrieros y pulqueros miserables.

Se refería al flamante gobierno de Gustavo Díaz Ordaz.

Una vecina vivía sola en el departamento de abajo y un hombre mucho mayor que ella la visitaba, entraba y salía protegido por la noche. Pero a nosotros no se nos escapaba nada. Una noche, mi madre dio un fallo terrible:

—Esa mujer es una cómica.

Por ningún lado le encontré la comicidad al asunto, la vecina me despertaba pensamientos de carnicero y de carbonero, pero mi madre se refería a las cómicas, actrices del viejo teatro de zarzuela y *burlesque*. Sólo una vez escuché de ella un comentario clasista. Durante un pleito con una vecina que intentó colgarle diversas majaderías, le dijo:

—Es usted una verdulera, una lavandera.

Mientras mi padre y mi hermano se dedicaban a odiarse y a enfrentarse con genuino encono, se sabe que el amor busca caminos extraños, incluso los del odio, yo jugaba debajo de la mesa del comedor. Perdí ese techo. No sé en qué descuido imprudente se les abrió la puerta a los acreedores y vino un embargo masivo. No sé si yo abrí la puerta, no lo recuerdo. No pocas veces me siento culpable de asuntos y cosas con las que no tengo nada que ver. Mi madre no lo habría hecho, era una estratega experimentada. «No estamos para nadie», era su gran frase. Todo lo que llegó con la mudanza se fue por la misma puerta. Nos quedamos con las camas, los focos pelones en el techo, un tablón para comer en la antecocina. Entonces me ejercité como un gran patinador por la amplia estancia. Sobre las suelas de mis zapatos negros, gran par de botines, me deslizaba.

—Te vas a romper la crisma —decía mi madre mientras yo la volvía loca.

—Vi al fantasma —le aseguraba a mi madre en la oscuridad de la casa vacía iluminada por velas.

—No hay fantasmas —insistía mi madre que proyectaba su sombra en un muro de espanto.

—Yo lo vi.

Las sombras de esas noches, las nuestras, nunca me abandonaron. Todavía algunas veces me acompañan. Se sabe, todos llevamos con nosotros una sombra.

En ese edificio de Nuevo León Pascual hizo la denuncia. Dos niños del edificio caminaron por la cochera. En un rincón húmedo abrieron la jaula de la curiosidad, se bajaron los pantalones para mostrarse y tocarse en las entrepiernas debutantes. Uno de esos niños era yo. Cuando se enteró mi papá estaba acostado, me llamó a su cama y me recibió con una bofetada. Aún recuerdo el pómulo hirviente. Pinche Pascual.

Así conocí la sexualidad.

ENTRA EL ESPECTRO

Ustedes no pueden verme porque soy el fantasma de aquel departamento de los años sesenta. Yo sabía todo de los integrantes de la familia. Algunas veces arrastraba una silla, tiraba algo en el clóset, otras movía un vaso y lo hacía añicos en el piso. La aspiración de un fantasma es hacerse sentir, convertirse en una presencia. Algunos le llaman the other side *a ese espacio del más allá, el otro lado.*

Estuve presente el 25 de mayo de 1965. Frente a una televisión Admiral blanco y negro. El padre y el hijo menor veían al campeón mundial de los pesos completos, Cassius Clay, defender su título contra el excampeón Sonny Liston. En el primer asalto, el vendaval de Clay abatió a Liston, un minuto después de iniciada la contienda, con una derecha corta a la mandíbula.

—Tongazo. Hazme caso, Liston vendió la pelea —le diría el padre a su hijo menor al paso de los años con ese extraño don que tienen los viejos para hablar del pasado remoto como si ocurriera en las agitaciones del presente.

También decía que las obras de Uruchurtu, el Regente de Hierro, estaban arregladas; es decir, grandes realizaciones urbanas con las cuales el jefe del Departamento y su grupo político se enriquecieron. Fue la primera vez que el niño de esa casa escuchó la palabra corrupción:

—Se han hecho multimillonarios alumbrando la ciudad y entubando ríos para construir el Viaducto. Son ladrones, corruptos, se han hinchado de ganar dinero.

A solas y a oscuras, el padre reconocía que se había enamorado de otra mujer. Su esposa lo sabía, como lo saben las parejas perdidas en la rutina, y sentía celos y tristeza. Todo esto lo veía yo en las sombras, los fantasmas vemos mejor en la oscuridad y en la quietud de la noche.

El hijo mayor soñaba con irse para siempre de ese lugar que odiaba, huir de México era su única ambición. Las dos hijas mayores se ilusionaban con el matrimonio mientras se hacían crepé en el pelo delante el espejo. Los dos hijos menores de esa familia, una niña y un niño, iban a una escuela pública y aprendían las capitales de los países del mundo: Nepal, Katmandú. Esa capital era difícil. Una tarde lluviosa, el niño me vio frente a la ventana donde pegaba la lluvia. No tuvo miedo, hicimos un pacto de silencio: encontrarnos en the other side.

1966

CiUDAD DE MÉXICO
✤
Calle Herodoto 30

Algunas noches me veo a través del espejo del pasado encender la televisión de bulbos Admiral que se escuchaba como una reina en la casa de mi familia. Me veo sintonizar el Canal 5 y me pierdo en un capítulo de *El fantasma y la señora Muir* o en una aventura de *Mi marciano favorito* o en un relato de *Hechizada* o en una trama dentro de la lámpara mágica de mi *Bella genio*.

Traigo trozos de ese año en que nos mudamos a la calle Herodoto, en la colonia Anzures. Alquilamos un departamento amueblado, nuestros muebles fueron el pago de una deuda crecida como los ríos que se desbordan.

Mis padres se morían de tristeza porque mi hermano se había ido a estudiar a Alemania, pero yo fui feliz como pocas veces en mi vida. Ocho años. Jugué con mi papá todo el día.

Cuando estoy cansado hojeo libros y busco frases extraviadas. Sí, frases que se les perdieron a los escritores y de pronto caen del libro como revelaciones en la oscuridad. A veces no sólo caen de los libros frases perdidas, sino boletos, recados de tiempos que todos hemos olvidado. Hojeaba

La náusea; lo juro, pasaba las páginas del libro de Jean-Paul Sartre y no cayó una frase, sino una fotografía que había olvidado: un niño en piyama con juguetes: un balón, un avión y una caja grande con los vagones de un tren, las vías y todo lo que se necesita para que un tren viaje por el mundo. El niño soy yo. Sé la fecha y casi la hora en que se tomó esa foto: se trata de la mañana del 25 de diciembre del año de 1966. Yo me las había arreglado para saber que mi papá y mi mamá compraban los regalos y me los ponían al pie del árbol de la Navidad.

El tren que atravesaba los parajes del comedor y las estribaciones de la sala y el avión colgado de un cordel del techo. También estrené el balón, «la de gajos» se le decía, ejércitos en miniatura de plástico, canicas; nunca aprendí a tirar con el hueso, tiraba de a uñita.

Durante mucho tiempo pensé que ese recuerdo era falso. Y de pronto ahí estaba, la felicidad puesta en una fotografía. Me pasa aún en mis días de invierno: pienso que la alegría no existe, que la he inventado como se fabrican los sueños durante el día o las ilusiones en la noche.

El escritor Graham Greene dijo lo siguiente: «Pienso que la Navidad es una fiesta necesaria; necesitamos un aniversario durante el cual podamos lamentar todas las imperfecciones de nuestras relaciones humanas. Es la fiesta del fracaso, triste pero consoladora». El pavo de Navidad era una difícil emergencia. Tenerlo crudo en la mesa nos avisaba de una misión imposible: primero, rellenarlo; luego, meterlo al horno cuatro horas, inyectarlo como si fuera un ser humano enfermo y esperar con la paciencia del santo Job. No era cualquier cosa, se trataba de una pieza grande y cara, no se usaban las pavitas ahumadas que hoy en día adornan con modestia las mesas navideñas, aquello era un pavo que hubiera inspirado un verso: «Oh, pavo enorme, desafecto». El relleno era una obra de romanos. Mi madre y mis hermanas luchaban contra él a brazo partido, lo abrían en dos, sin romperlo, para depositar en el lugar de sus entrañas una especie de carne molida con pasas y nueces. Dantesco. Era grande el pavo. Mi padre leía periódicos. Mi madre decía:

—Vamos a llevarlo a la panadería; por un poco de dinero, en el horno del pan alcanzará la cocción antes de lo esperado, de lo contrario nos vamos a comer a este animal en marzo.

Como se decía en las películas mexicanas: «Cuánta razón tenía mi madre». A las nueve de la noche, las preguntas se convertían en amenazas: «Este año no cenaremos».

—Paciencia —decía mi mamá—, falta mucho. Mientras, coman orejones.

Recuerdo que meter el pavo al horno ponía la casa de cabeza. Para mi mamá el horno de la estufa era una de las cosas más peligrosas de la vida. Todos fuera de la cocina. Se iba a encender el horno: pecho tierra.

Mi madre y mis hermanas se retiraban a sus habitaciones y se ponían tubos en la cabeza para luego realizar un tremendo crepé, castillos en lo alto. La mesa de Navidad, horrible, copas, cubiertos, servilletas. Nadie tomaba vino tinto. Una sidra y un *whisky* Robert Brown's.

¿Por qué mi madre tenía miedo? No sé, pero a las once el pavo salía del horno y toda la familia se unía en una duda colectiva y unánime: ¿no estará crudo? Mi padre leía periódicos.

No recordaba dónde estaba la calle ni el edificio de Herodoto. Salí a caminar. Grandes dificultades en la búsqueda: la mano demoledora del crecimiento de la ciudad lo transformó todo. De la calle Melchor Ocampo no queda nada, se convirtió en el Circuito Interior. Las ciudades ponen capas unas tras otras en el tiempo. Levanté varias de ellas antes de encontrar el edificio de cuatro pisos.

Cerca del rancho Anzures corría el río la Verónica a principios del siglo XX. El cauce mudó en un largo tramo del Circuito Interior y el terreno empezó a dividirse en edificaciones estilo californiano y *déco* que ocupaban una parte de la Hacienda de los Morales. La ciudad brillaba a lo lejos en estos ranchos y en los de Polanco, La Teja y la Condesa que rodeaban Chapultepec. De allá venimos, de unos terrenos que las eminencias porfirianas compraron a precios bajos y vendieron en grandes fortunas. Entramos a ese departamento del primer piso sólo con nuestra ropa y el sueño sedentario de una casa con raíces en el número 30 de Herodoto.

Me detuve frente al edificio: tres niños juegan futbol en la calle, la portería es el portón de una casa. Uno de los niños soy yo. Me veo jugar y pegarle a la pelota con la pierna izquierda, soy zurdísimo. En realidad, la cascarita siempre fue lo mío. La cáscara, una forma poco profesional de ejercer una actividad, no el campo y el futbol organizado, sino la calle, el parque, grandes lances que serían imposibles en una cancha reglamentaria. Los cascareros somos soñadores incorregibles.

El día en que una de mis hermanas se quiso aventar por la ventana no tuve miedo. Desde ese primer piso se habría roto las piernas, sólo la mala suerte le habría quitado la vida. Su novio, un estudiante nicaragüense de medicina en la UNAM, era todo para ella. Ella lo descubrió en amores con otra mujer y ardió Herodoto. Cuando supo que la pasión rozaba ese amor secreto, se arrancó los pelos y decidió tirarse por la ventana. Yo tuve que dar la noticia:

—Alicia se quiere tirar por la ventana.

No sabía que fuera tan grave defenestrarse. Gran escándalo. El psicoanálisis no se usaba para curar a las almas adoloridas: al psiquiatra. Según entiendo, el asunto se arregló porque mi hermana pasó los siguientes sesenta años de su vida con el nicaragüense infiel.

El novelista Paul de Kock escribió que sólo «los niños adivinan qué personas los aman. Es un don natural que con el tiempo se pierde». El nacimiento del amor es uno de los misterios más grandes de la infancia. Los niños aman a sus padres, a sus protectores, porque la existencia de ellos les confirma que son el centro del universo. No sé dónde leí que el desplazamiento del amor hacia otros es la mayor de las tragedias interiores de la existencia humana.

La memoria de los primeros años es casi siempre una invención. Así me ocurrió en Herodoto: creí que mi recuerdo era real, pero nada lo es, todo ocurre en la memoria. Recobré con gran intensidad mis miedos en esos edificios y esas calles. La infancia, ese lugar donde los temores adquieren una oscuridad insondable. Los niños, como los escritores, son víctimas de su imaginación. En las discrepancias que surgen entre las fantasías y la realidad crecen las primeras decepciones.

El edificio tenía elevador. Nunca me había subido a uno de esos cubos mágicos. Me encantaba, me refiero al encantamiento de los cuentos de hadas. Subía y bajaba, un juego sin fin, como son las codicias de la infancia: planta baja, primer piso, se abre la puerta; primer piso, planta baja, se abre la puerta hechizada. Duro y dale hasta que el cubo mágico, cansado de mis abusos, se atoró. Puerta cerrada, el niño atrapado.

No recuerdo cuánto tiempo estuve dentro, pero lo viví como un suplicio eterno, un castigo enviado por seres colosales y poderosos. Tardé cincuenta años en curarme de esa tarde infernal. No exagero. Sí, ya sé que el análisis, la claustrofobia y todo eso.

En el vestíbulo de ese edificio, un ascensor anciano lamenta aún aquel día. Me porté mal, dice. Yo tuve miedo de nuevo. Me subí, apreté el número uno, todo en orden. Le llaman cura de caballo.

Así fundé el miedo en mi vida.

ENTRA EL ESPECTRO

La familia que me tocó en suerte vivió buenos momentos en un edificio de la calle de Herodoto. Pero los padres sufrían la ausencia del hijo mayor que ganó una beca para estudiar en Alemania. Al padre lo devoraba la culpa, los maltratos, las ofensas, las injurias que alejaron al primogénito para siempre, en esos pleitos de callejón con el padre perdió las raíces y las ganas de vivir. Vi al papá llorar en la oscuridad de su habitación su cólera sin control. La mamá se convirtió en una gran escritora de cartas, dos o tres largos informes a la semana, yo estaba sentado frente a ella y ella me atravesaba con la mirada. El hijo menor daba vueltas a la mesa y la mamá lo mandó a jugar. El niño jugó al sube y baja en el elevador y se quedó hora y media atorado. Estuve a su lado mientras gritaba y lloraba.

Un mal día, una de las hermanas mayores se enteró de que el novio, un estudiante de medicina, tenía otra novia de la que estaba enamorado. El niño y yo lo escuchamos:

—Si me dejas, me tiro por la ventana.

Y le colgó el teléfono. Cuando tenía una pierna fuera de la ventana, la mamá la jaló hacia dentro del cuarto. La llevaron al psiquiatra.

Los padres se acercaron gracias a la lejanía del hijo y vivieron días de plenitud y madurez que les recordaba su primera casa, la de Parque España. Nada acerca tanto como la tristeza.

Las cosas que vemos los fantasmas.

1967

CIUDAD DE MÉXICO

❖

Calle Antonio Sola 41-B

La oscuridad aún no cedía su noche a las luces del día cuando el 11 enero de 1967 nevó en la Ciudad de México. Mis hermanas me llevaron al hospital Santa María donde mi padre luchaba contra la muerte. Un túnel del tiempo. Abrí el ojo, me asomé a la ventana y pude ver una capa blanca que cubría la calle, los coches, los árboles. Yo tenía diez años y ellos, mis padres, cincuenta, dieciséis menos de los que he cumplido en esta vida. Negocios atrabancados, enfrentamientos con socios desleales y cantidades desesperadas de alcohol lo vencieron. Mi madre lo acompañaba en una clínica de ginecobstetricia, para eso daba el presupuesto, para ingresar al sanatorio donde el novio nicaragüense residía como médico general.

La irrealidad lo ocupaba todo: la nieve, el hospital, mi papá al borde de la muerte, mi madre, mis hermanas. Todo era extraño, inusual, lejano. Me dieron unos guantes grandes, una bufanda, y me metieron en tres suéteres. Un frío del carajo. Cada vez que el viento helado me cala los huesos recuerdo esa mañana de la vida de esa familia.

Las personas jugaban, se tiraban bolas de nieve en los camellones de avenida Chapultepec, en las calles de Monterrey y Puebla. Era otra ciudad, anterior al metro, que aún no existía; todo pertenecía a los camiones Mariscal Sucre y Belén, uno de cuarenta centavos, el otro de treinta. Había chicles Canguro y Motita, rumié miles. La Ciudad de México aspiraba a una grandeza que con el tiempo se convertiría en una locura. Mario Pani había levantado tres años antes Tlatelolco, una extraña ciudad de miles y miles de departamentos.

En el hospital Santa María había una capilla. Una enfermera me llevó y me dijo:

—Reza por tu papá.

—No sé rezar. —En verdad no sabía ni el padrenuestro. Llegué tarde a la fe de mis padres y temprano a su decepción religiosa. La inexistencia de Dios los entristecía como si una mano dura e inclemente los hubiera abandonado en este mundo.

—Háblale a Dios —me dijo. Desde entonces tengo una extraña incomunicación con el Señor.

Vino mi madre por mí a la capilla y me reconvino:

—No se reza.

Vi a mamá cansada de mi padre y sus abismos. Según supe años después pensaban separarse antes de la enfermedad, sin dinero y sin amor.

Pasaron el frío y la nieve. Mi padre se recuperó tras un año de dietas inhumanas y, a juzgar por lo que ocurrió, mi madre también se recuperó de sus heridas. Un milagro de la nieve.

La casa de Antonio Sola mostraba su fachada de mosaico veneciano puesta en un raro conjunto de dos casas en espejo y un centro de pequeños departamentos, estudios ocupados por estudiantes o empleados que vinieron a la ciudad a probar suerte desde el interior del país.

El tiempo deslavaba los sueños adolescentes de los jóvenes de la calle: balones, bicicletas, las primeras novias. Una leyenda urbana contaba que a una de las mujeres que atendía el salón de belleza María Isabel le gustaban los jóvenes. Al menos dos de ellos juraban que se habían iniciado en el placer del amor clandestino con esa peinadora. La historia me siguió durante años, aún recuerdo la agitación que me provocaba pasar frente al salón y buscar a través del cristal a la mujer del salón de belleza María Isabel.

Los graves asuntos de la familia se discutían en la sala, una habitación soleada con una ventana oval que daba a la calle del ruido de los jóvenes efervescentes. Al fondo, el comedor perdía luz; la antecocina y la cocina, oscuras, daban a una caldera que suministraba agua caliente a todo el conjunto de departamentos. Un día sonaron las alarmas del miedo: detrás de la caldera se escondían las ratas. Nunca volví solo a la cocina.

La casa de Antonio Sola lleva años abandonada. Paso con frecuencia delante de la ventana oval. Me asomo para encontrar a esa familia. Quedó suspendida en el tiempo, como si hubiéramos sido los últimos habitantes de ese universo. Veo a través del cristal: mi padre doblado por el dolor, una daga debajo de la primera costilla. Más tarde el blanco de los ojos adquirió un color amarillo intenso. Una debilidad extrema lo tumbó en la cama, la ictericia tomó su cuerpo. Mi madre diagnosticó hepatitis. Se equivocó, cosa rara, mi madre era una clínica consumada. Una pancreatitis de pronóstico reservado vino por él y lo empujó al hospital Santa Isabel. El extraño poder de las palabras: un mismo nombre me despertaba al erotismo y se llevaba a mi padre a la muerte. Por primera vez escuché la palabra *gravedad*.

Arde, memoria. Desde la ventana, mientras un cielo entoldado cubre las calles y desprende una lluvia fina, me pregunto si hay un lugar en la Ciudad de México que nunca olvidaré. Me refiero a ese espacio de la infancia que por alguna razón nos marcó y siempre llevaremos con nosotros, hasta en el último suspiro. A veces creo que más que el cemento y la obra pública, a las ciudades las construyen esos recuerdos. Intento traer del pasado uno de esos sitios iluminados por la memoria.

Los Edificios Condesa ocupan cuatro calles de la colonia: Mazatlán, Juan de la Barrera, Zamora, Agustín Melgar. Aún no se construían las viejas casas de la Condesa, los parques España y México eran tierra baldía, tampoco existía el Edificio Plaza cuando el arquitecto Thomas Sinclair Gore construyó en 1911, al estilo inglés, los edificios emblema de la Condesa. De camino a la compra —así le decía mi mamá al mercado, le llamaba *marchante* al despachador de frutas y verdura, o al dueño del estanquillo—, mi madre decía:

—Aquí, en los Condesa, se filmó *La casa chica* de Roberto Gavaldón. —Yo sabía que decía mucho más que el título de una película.

Cuando la vida le había pasado las facturas, ella recordaba a la niña que creció en una casa grande del Parque España:

—Pensábamos mi hermana Eva y yo que era muy raro vivir arriba o debajo de alguien.

En los años sesenta, los Edificios Condesa no tenían aún el aura prestigiosa que les otorgó el tiempo. Si yo pasaba en bicicleta y al atardecer frente a los Condesa, me dominaba el pánico. El rumor había tejido un relato negro. En las pequeñas calles interiores del conjunto de edificios se ocultaban los Friend's, una de las pandillas más temibles de los alrededores. Por la noche, los Condesa le inspiraban miedo a los más bragados de la colonia. Paul y Germán, líderes de los Friend's, planearon invasiones audaces a la Romita, al Parque México, zonas de otras pandillas. En tiempos de violencia desalmada, decir que esos jóvenes usaban cadenas y tubos suena como un cuento de niños.

La Bruja había realizado una maestría en delitos nocturnos y cargaba un revólver que ajustaba a la perfección en la palma de la mano derecha. La Bruja era el líder del grupo callejero enemigo de los Friend's. A veces me aceptaba como mascota, el menor del grupo. Yo tocaba la orilla infantil de los diez años y él me llevaba ocho de golpizas y robos de poca monta. La Bruja me dio la primera fumada de un cigarro Bali que me quemó la garganta y también dos tragos de una cuba de ron Potosí. Así conocí la neblina del alcohol.

Quiero pensar que esto que voy a contar ocurrió a finales del año 66. El grupo de amigos de la calle sesionaba como otras veces en la casa de Chiricuto, cuya madre soltera trabajaba en el Seguro Social y le dejaba un departamento de la calle Cuernavaca libre durante la mayor parte del día. Llegué en mi bicicleta. Una jaula de pájaros golpeaban contra las rejas que les impedían salir al mundo. Lograban viajes interiores fumando y bebiendo de una olla un líquido venenoso que llamaban cubas y les provocaba una rara excitación:

—Óscar es bien puto y le gusta la corneta —le gritaba Chiricuto.

—Pregúntale a tu hermana, culero, ella sabe, le encanta el chile.

De Berico aprendí lo que significa la maldad. Los domingos por la tarde salía a caminar por las calles oscuras de la colonia Del Valle a cazar sirvientas, empleadas domésticas que regresaban al trabajo después de dos días de descanso. Se acercaba, les hablaba y, de pronto, les tocaba, no sin violencia, los pechos y las nalgas. Luego desaparecía entre las sombras. Hablaba de ellas como si fueran de su propiedad.

—La de ayer tenía unas chichotas —vociferaba Berico—. ¿Y tú qué, culero, ya te hiciste la primera chaira?

Me hablaba a mí. No supe contestar y Berico lo notó:

—A ver, culero, ven acá. Te voy a enseñar a hacerte una chaqueta. Te agarras el pito y cuando lo tengas bien duro te lo jalas, arriba y abajo. Se siente chingón y luego te sale una lechita.

Me llevó a un cuarto; así sin más, como ocurren algunas cosas, yo estaba en una habitación a solas con Berico:

—A ver, culero, sácate el pito. —Y me puso la mano en la bragueta del pantalón. Nunca he vuelto a sufrir una parálisis semejante desprendida de la debilidad y el espanto. Lo estoy viendo: entró la Bruja al cuarto y dijo:

—No mames, Berico, es un niño.

—Que aprenda el culero —le respondió retirando la mano de la cremallera que había bajado.

—Me cae que te rompo tu madre, cabrón —dijo la Bruja—. ¡Órale, a chingar a su madre!

Así me libró la Bruja del abuso sexual.

Conservé algo de ese momento crucial: la renuncia a la orden de un instinto puede salvar a alguien en un momento culminante de su vida.

Un día de marzo del 67, la Bruja fue hasta los Edificios Condesa a cobrar una venganza. Lo acompañó Chiricuto. Caminaron por Antonio Sola hasta Mazatlán. Ambos se perdieron en las sombras y entraron a los Edificios Condesa por la calle de Juan de la Barrera. Paul y Germán los esperaron en Matehuala, una pequeña calle que separa los edificios. No hubo diálogo; después de los insultos, la Bruja le descerrajó dos tiros a Germán. Murió antes de que llegara la Cruz Roja, al cadáver lo recogió la Cruz Verde. A la Bruja lo encerraron en el Palacio Negro de Lecumberri donde purgó su condena e hizo su doctorado en crimen organizado.

Las calles se convirtieron en espacios deshabitados, como si todos huyéramos del fantasma de Germán y su juramento de venganza. Volvimos a la calle más tarde, cuando el olor a muerte se disolvió en el óxido de la vida diaria. El cronista oficial de la historia, Chiricuto, detenido y puesto en libertad tres meses después del asesinato, contaba versiones diferentes. En una de ellas, la Bruja le apuntó a Germán al estómago mientras le gritaba «maricón». Paul le pedía que no disparara. Esto ocurrió en Agustín Melgar, bajo la oscuridad protegida por las jacarandas de marzo. Cuando cayó, la Bruja le disparó al pecho con un odio de asesino ofendido.

Tiempo después, la versión corrió como fuego en la paja. La Bruja había matado a Germán por despecho, le había robado el negocio de la vida: un joven adinerado de Polanco que les pagaba y repartía el dinero de su padre, un político del diazordacismo. Los pliegues de esa historia de chantaje, robo y sexualidad envolvieron a la Bruja y a Germán.

—¿Por qué crees que le dicen la Bruja? —me dijo Berico con un desprecio triunfal.

Más que la muerte misma, me impresionó el hecho de que fueran homosexuales dispuestos a todo con tal de obtener los favores y el dinero del joven de Polanco, mayor que ellos al menos ocho años.

Volví alguna vez en esta trama de la memoria a los Edificios Condesa. Caminé en la noche, subí y bajé escaleras, como si quisiera exorcizar el miedo. Todo me pareció más pequeño, menos amenazante, sin las sombras aterradoras que vio un grupo de amigos adolescentes, los más jóvenes de la tribu, el día que nos jugamos el alma y fuimos al lugar de los hechos a ver el charco de la sangre seca de Germán.

Después de arrojar su vida por un acantilado, la Bruja obtuvo la libertad que le otorgaron jueces comprados por sus padres. Después de moler a golpes a un patrullero en la calle de Cuernavaca, donde vivía su novia Francisca, se esfumó. La noticia del asesinato apareció en los periódicos y mi padre giró órdenes perentorias: yo no salía de la casa sin compañía por ningún motivo, a piedra y lodo. Le reprochó a mi madre que me diera libertades callejeras y le arrojó a la cara su maldición bíblica:

—Vas a llorar lágrimas de sangre.

Ese día quedó grabado así en la marquesina de mi memoria: *La tarde de Berico*, funciones a las cuatro, a las seis, a las ocho y a las diez. Subí a mi bicicleta casi a oscuras y volví a la casa de Antonio Sola, una casa solitaria, mi padre en una cama del hospital, mi mamá lo acompañaba, mis hermanas mayores se encargaban de la casa. Así conocí la oscuridad de una casa sin padre.

El fantasma de Germán se vengó. La Bruja murió tiempo después en la calle de Michoacán perseguido por la policía. Hay venganzas que tardan años en cumplirse.

Mi primera bicicleta llegó a la casa desde un puesto de Tepito. Cuando ese barrio no era terreno definitivo del crimen organizado había un gran mercado, en la calle Aztecas. Sería raro que la memoria no me traicionara, la memoria se dedica a eso, a engañar. Ese mercado apasionaba a mi padre: «Lo que usted quiera y mande, todo usado», lo oigo: «Nuevecita, Rafa». Una bici de medio uso y sin cuadro, es decir, una bicicleta de niña. Así se usaba en esos tiempos, con cuadro y sin cuadro, un tubo que une el volante y el sillín. También usé, por cierto, lentes traídos de ese mercado, de mujer, como de antifaz. Sin graduación específica, sólo servían para que me dieran derecho a exámenes finales. Mi papá llegó con esos lentes que me horrorizaron por su fealdad incluso para la cara de una mujer. Hice mis exámenes como pude y los tiré a un baldío. Los perdí, dije en casa.

Por lo menos dos veces estuve a punto de ser arrollado en mi bicicleta tepiteña sin marca y sin salpicaderas y sin dínamo para generar luz. Eran las bicicletas de finales de los años sesenta en una ciudad que aún ofrecía calles apacibles. Llegué a dominarla con cierto toque de maestría infantil: subía y bajaba banquetas, era capaz de derraparla y dar con ella un latigazo sobre el pavimento, empuñaba el manubrio, así se decía entonces, en las bajadas del cerro de Chapultepec.

Cuando salía de casa en mi bicicleta, mi madre se encomendaba a todos los santos y las santas. En el fondo, todavía creía en Dios. Antes de que la vida derrumbara con el marro de la tristeza todas sus esperanzas. Yo era invencible en mi bicicleta y desafiaba con absurda imprudencia infantil a los Sonora-Peñón, los camiones que atravesaban la avenida Sonora, avanzaban por Mariano Escobedo y Ejército

Nacional, y se perdían en la Glorieta de Camarones. Esa ciudad ya no existe, desapareció con todos mis sueños de esos años.

El dinero regresa a este informe. Una crisis pasó por la casa como una plaga de langosta y se llevó muebles y aparatos domésticos, incluyendo mi bicicleta. Nunca volví a tener una que no fuera alquilada. ¿Dónde estará mi bicicleta?

El escritor Jorge Ibargüengoitia contaba que en su juventud no tenía un peso y cargaba con deudas impagables; entonces decidió entrar a una cantina, pedir un *whisky* y esperar un milagro. No creo en los milagros, pero no sé cómo llamar al hecho incomprensible de que yo caminara en el Parque España, ya no había bicicleta, y viera un rollo tirado en el pasto: dinero envuelto en una liga. Nunca supe cuánto, se impuso el escándalo. Cuando se lo entregué a mi madre hubo un estallido: averiguaciones previas, interrogatorios.

—¿Alguien te pidió hacer algo por todo este dinero?

—No, lo encontré tirado.

—Di la verdad.

—Lo encontré tirado en el pasto —insistí, no me creían, pero el dinero se quedó en casa.

Uno de los episodios negros de la familia nos acercó a un abismo vergonzoso. El verano había caído sobre la ciudad como hierro candente, dormíamos con las ventanas abiertas y sábanas delgadas. Una noche de calores infames, un grito me regresó a la vigilia. Mi padre dio la voz de alarma:

—¡El acabose! —Prendió las luces y caminó desesperado por el pasillo jalándose los pelos—. Lo que nos faltaba: ¡chinches! La hecatombe.

Había en la voz de mi padre genuina congoja. Cuando entré al cuarto, vi a mi madre con lentes para combatir la presbicia en concentración científica. Con mirada experta revisaba los pliegues de un colchón levantado en vilo. Después de algunos minutos dio su veredicto:

—Sí, chinches.

Estaba demacrada y miraba algo pequeñísimo que había puesto en una palangana con agua. Nunca los volví a ver tan desconcertados.

Así conocí a las chinches, bichos del desaseo y la pobreza que buscan la oscuridad y los lugares secos.

—El acabose —repitió papá sin énfasis, perdido en su tragedia—. Animales de la mugre, de la gente sucia, medallas de la pobreza.

Durmieron en la sala con la luz prendida y el alma partida en dos. Cuando el sol de aquel verano de calores insalubres entró por la ventana, papá había empezado la faena. Dejé la cama y al entrar a la cocina vi a un hombre con un pañuelo de cuatrero puesto en la nariz y la boca, iba armado con una bomba de Flit, así se llamaba el precursor del aerosol, un fuelle de metal y un depósito de DDT del cual salía el líquido insuflado por el aire. Un arma vieja que podía liquidar incluso a los seres humanos.

Mis hermanas y mi madre también se disfrazaron de cuatreras y me dieron un pañuelo blanco para protegerme de la intoxicación. Mi hermano huyó desde la madrugada profiriendo frases horribles sobre nuestra quebrantada situación financiera:

—Somos muy pobres, la pocilga es nuestro único patrimonio —dijo con un libro de Freud bajo el brazo, no miento si digo que era *El malestar en la cultura.*

Mi padre se quejó de la huida de su hijo mayor:

—Es un maricón. —Condenaba lo que le parecía un acto cobarde.

Desmontaron la casa con un método extraordinario. Nada quedó en su lugar, nada se salvó de la guerra contra las chinches. Por favor no lo divulguen, pero en una palangana con agua se acumulaban los insectos insalubres. Así supe que sólo en agua morían esos bichos capaces de durar una eternidad. Me impresionó que resucitaran y regresaran al reino de los vivos a chuparnos la sangre. Papá blasfemaba mientras cargaba su arma con más DDT:

—Vivimos como húngaros, no tenemos remedio.

Mi madre acusó a mi padre de ser el culpable de la invasión.

—Tus compras baratas —le dijo con odio.

Se refería a la pasión de mi padre: la segunda mano, los objetos viejos comprados en cuartos oscuros de la Lagunilla y de Tepito. Mi madre tuvo razón, la primera chinche vino de una de esas gangas que papá celebraba como un anticuario:

—Costó baratísimo, un regalo, una antigüedad *artnovó.* —Así le decía mi padre al *art nouveau.*

El departamento se convirtió en una cámara de gases. La ley de la guerra contra las chinches dictaba cerrar a piedra y lodo y abandonar el campo de batalla.

—Si no salimos de inmediato, vamos a terminar en la Cruz Roja.

Mi padre se arreglaba el nudo de la corbata y lamentaba su vida y la nuestra.

No recuerdo dónde pasamos la primera noche después de la batalla. El olor a DDT duró semanas en casa, pero derrotamos a la plaga.

Un nombre: Ernesto P. Uruchurtu. Cuando pienso en él aparecen en mi memoria zanjas, cascajo, puentes de madera y la voz de mi madre:

—Deberíamos mudarnos a San Juan de Aragón. Allá todo es nuevo y más barato.

Las obras de Uruchurtu al frente del Departamento del Distrito Federal como regente provocaban miedo y entusiasmo en mis padres. No sólo en ellos despertaba adhesiones este influyente político priista, tres presidentes de la República se interesaron en él para administrar la ciudad. Desde 1952 hasta 1966 ocupó la regencia. Lo nombró Adolfo Ruiz Cortines, lo ratificó Adolfo López Mateos y Gustavo Díaz Ordaz lo mantuvo durante dos años en su gabinete.

En la casa se hablaba de Uruchurtu como de un gigante invencible. El Regente de Hierro transformó a la ciudad, clausuró la noche mexicana, cerró cientos de cabarés y confinó a la prostitución a los límites oscuros de la clandestinidad con una extraña obsesión por la decencia. En mi memoria, Uruchurtu es el último político de quien se hablaba en las sobremesas con el miedo que sólo imponen los autoritarios.

En uno de mis más viejos recuerdos veo una larga hilera de edificios, uno tras otro, horribles, inaugurados en un gran acto por López Mateos y Uruchurtu. Se trataba del futuro de la ciudad: San Juan de Aragón, enclavado por el rumbo del Peñón de los Baños. Era el año de 1964. Las fotografías de los departamentos de falsos lujos y apretadas comodidades, los flamantes centros médicos, los campos deportivos, las escuelas, las avenidas anchas y desiertas entusiasmaron a mi madre. Me aterré ante la posibilidad de mudarnos a otro mundo. Mi padre lo consideró un tiempo y al final se negó. Nos quedamos a vivir en la avenida Nuevo León. En ese tiempo nuestra familia cambió tanto como la Ciudad de México. Apenas doce años antes, durante su primera gestión, Uruchurtu concibió un plan general de alumbrado público. En 1952 la luz iluminó las calles Oaxaca, Nuevo León y Benjamín Franklin con focos incandescentes. En 1960 se inauguró la primera vía rápida, la Calzada de Tlalpan, desde Fray Servando hasta Ermita Iztapalapa. Un año después, López Mateos celebró la creación del primer tramo del Anillo Periférico en un acto al que asistieron su secretario de Gobernación, Díaz Ordaz, y el jefe del Departamento, el licenciado Uruchurtu; en 1963 se estrenó la Avenida Río Churubusco, en la ciudad circulaban 180 mil coches particulares y cuatro mil automóviles oficiales, ocho mil camiones de pasajeros y trece mil taxis. La capital tenía entonces 5 millones de habitantes.

Por una ineficiencia de la memoria, asocio al Regente de Hierro con el box: el 25 de mayo de 1965, frente a una televisión Admiral blanco y negro vimos al campeón mundial de los pesos completos, Cassius Clay, defender su título contra el excampeón Sonny Liston. Ese día de box me entregó una revelación que nunca olvidé: cuando miré hacia la cocina vi con toda claridad una sombra, adiviné a un hombre de traje oscuro y un sombrero de ala corta, de fieltro.

Mi padre también decía que las obras de Uruchurtu estaban arregladas; es decir, grandes realizaciones urbanas con las cuales el jefe del Departamento y su grupo político se enriquecieron.

Unidades habitacionales en los confines de la ciudad, largas vías rápidas donde antes hubo ríos, una pelea de box arreglada y unos ladrones robándose el dinero del erario público, éstas son las coordenadas con que evoco los últimos años del regente. Una noche, mi padre nos dio la primicia mientras empuñaba el diario de la tarde Últimas Noticias:

—Renunció Uruchurtu. Es un bandido.

El Regente de Hierro había ordenado arrasar más de mil casas en el Pedregal de Santa Úrsula, en la colonia Ajusco, para devolverle al Departamento del Distrito Federal una pedrera donde los colonos fincaron comprando terrenos a doce pesos. Un zafarrancho. La Cámara de Diputados ordenó investigar los hechos. El 14 de septiembre de 1966, Uruchurtu le presentó su renuncia a Díaz Ordaz en un comunicado que los diarios entrecomillaron así: «Por las razones que me permití expresar a usted verbalmente, he decidido presentar, como lo hago por medio de este pliego, mi renuncia al referido cargo de Jefe del Departamento del Distrito Federal». Una parte de la historia de la ciudad terminaba con un texto incomprensible.

Unos meses después, en junio de 1967, el sucesor de Uruchurtu, Alfonso Corona del Rosal, accionaba el interruptor de la compresora que puso en movimiento los taladros neumáticos para romper el asfalto de la avenida Chapultepec y Bucareli. Empezaba la construcción de los dos primeros tramos de la línea 1 del metro. Más zanjas, más cascajo. La escuela donde cursé la primaria estaba en la avenida Chapultepec y la devoró el metro, los coches circulan ahora en donde estaba mi salón de clases y mi pupitre. La escuela mudó sus bancas a la calle de Puebla, a un primer piso improvisado como aula por la Secretaría de Educación Pública. No me importó, cualquier cosa era mejor que mudarse a San Juan de Aragón. Por un pelo del azar me libré del progreso urbano, del futuro prometedor del Peñón de los Baños.

En esa vida y ese mundo el día empezaba a oscuras, cuando aún no amanecía, directo al calvario de la escuela, una primaria pública, la José Mariano Fernández de Lara, un modesto liberal juarista. Sonia en primero; Eustolia, Delfina y Lázaro en segundo, tercero, cuarto, quinto y sexto, ellos fueron mis maestros.

Si digo que aprendí todo en esas aulas públicas no exagero. Hablo de los años sesenta. Los lunes, laicismo juarista, todos de blanco, cantos a la bandera. Ahora me doy cuenta de que tuvo un sentido.

La familia de mi amigo Hernández era casi rica, había logrado un puesto de pescado que ellos mismos atendían en un mercado de la colonia Juárez; la familia de Miguel Ángel se ocupaba de cuidar un edificio de la calle de Florencia, eran los porteros; la mamá de Aurora trabajaba en una oficina pública; Patricia Caballero Tagle, único nombre que recuerdo completo, vivía, según mi incompleta memoria, en la calle de Praga, con su abuela, en un departamento muy bien puesto, ella era inteligente como nadie; mi familia se desmoronaba entonces y ellos fueron mi estructura, una parte de ella, en el caso de que la tenga.

La pasamos muy bien en esa escuela pública, aprendimos principios serios de geografía, aritmética, ciencias naturales, lengua nacional. A quien se pasara de listo le caía negra: cargar mochilas de pie al frente del salón, una mañana en la dirección y expulsión preventiva.

Lázaro nos enseñó, además, que el futbol era mucho más que un juego. Nos llevaba a la puerta seis de la deportiva. Formé parte de la alineación del Tulyehualco, defensa centro más bien torpe, pero fuerte, y eso le gustaba a Lázaro que me ponía una y otra vez en el cuadro titular.

—Nadie se roba unos zapatos ajenos, ni una mochila, nada de patadones asesinos a la espinilla: aquí lo que vale es el juego, armar el juego —decía Lázaro. No olvidé sus lecciones:

no robo zapatos de futbol ni mochilas con arreos y trato de armar el juego.

En ese tiempo, la educación en el aula del Estado permitía competir, si fuera necesario y con posibilidades de triunfo, ante alumnos de escuelas privadas. Mi maestra Eustolia me vio llegar al salón de tercero y de quinto con mis útiles, así se les decía a los cuadernos, libros, reglas, dentro de una mochila que olía a boñiga de vaca. Yo insistía en dejar la mochila en casa para que se oreara y perdiera el olor a mierda, pero una orden fulminante me obligó a llevarla desde el primer día de clases a la escuela. Ya he contado la máxima que regía el sistema educativo de Eustolia:

—El que quiera estudiar que estudie, y el que no, no.

Eustolia estaba armada para enseñar la lógica, pero solamente enseñaba a sumar, restar, dividir, leer, geografía, civismo y deportes. Pico della Mirandola la habría admirado. Era gorda, bragada, y controlaba al salón como si fuera toda ella una fiscalía general de la República.

—Hernández, pase al pizarrón y resuelva el problema —decía Eustolia no sin cierta sonrisa sardónica.

Hernández no sabía nada. Entonces la maestra pedía dos mochilas, una de ellas la mía, que olía a caca, y le pedía que las cargara el resto del día. Un castigo ejemplar por la ignorancia de las peras y las manzanas. Eustolia era inexorable. Aún no llegábamos a ese momento de los valores democráticos en el cual los alumnos torturan a los maestros y los amenazan con llevarlos al Consejo Nacional para la Prevención de la Discriminación si los reprueban.

El egoísmo era el peor enemigo de Hernández. En el recreo compraba bolsas de harina blanca, hojuelas de papa y chicharrón y las atesoraba como un avaro en un rincón del patio escolar. Los compañeros de clase le pedíamos trozos pequeños de chicharrones Cazares, un manjar, y él escupía sobre sus chicharrones. Nadie quería comer chicharrón con flemas de Hernández como si fuera el *dip* de la botana. Pinche Hernández.

En sexto año Lázaro recibió a un grupo de niños en pubertad, un escándalo. Lázaro sabía cosas y algo más, siempre traía con él una novela. Fue la primera vez que vi un ejemplar de *La región más transparente* de Fuentes. Gumaro fumó un mediodía en el baño. Lázaro lo descubrió, le quitó una cajetilla de cigarros Impala al tiempo que le recetaba un zape de padre y señor nuestro en la cabeza. Gumaro, expulsado, adiós a Gumaro. Cuidado con Lázaro.

La última vez que fui al baño de la escuela José Mariano Fernández de Lara, yo tenía diez años. En sexto de primaria decidí que no volvería nunca más. Gumaro torturaba a los más débiles. *Bullying* sería una palabra suave para describir lo que contaban que ocurría en los baños. Nunca quise averiguarlo de cuerpo presente. A Nava le habían quitado los pantalones, a Souza le rompieron la nariz de un botellazo, a Hernández le quitaron toda la harina blanca que llevaba consigo en forma de chicharrones Cazares. Dos niños cuyo nombre guardaré en mi memoria fueron descubiertos en actos sexuales que les costaron apodos terribles, lo menos que les dijeron fue que les gustaba el caldo de oso.

—Ahí vienen los ositos, péguense a la pared —estoy oyendo la denuncia.

Delfina lograba un silencio absoluto en el salón de clases. Traía una vara de membrillo, así le decían. Delfina tenía el don de la ubicuidad. Si te sorprendía hablando en clase, aparecía como un fantasma y de inmediato sonaba un varazo que rompía el aire y terminaba en la espalda; si te quejabas, dos. No quiero hacer el elogio de la violencia como método educativo, pero con Delfina aprendimos de memoria las reglas de ortografía, nunca las olvidé: palabra grave terminada en ene, ese o vocal no se acentúa. Todavía, cuando cometo una falta ortográfica, pienso que Delfina me dará un varazo de antología.

Pinche Hernández, escupía sus chicharrones.

En los años de mi infancia había festivales en las escuelas en honor de las madres. Bailé *Brasilia* con maracas ante los familiares de los alumnos que soportaban estoicos aquel número que montó la maestra Eustolia, las escenografías eran de no creerse.

Para que yo pareciera un niño negro me pintaron la cara con un betún que me duró tres días. Mi madre usó zacate para eliminar los restos de mi negritud. A mi mamá, les informo una vez más, nada se le atoraba. Como no pudimos comprar la crema negra especial para la cara, la mañana del festival me puse en la cara grasa Amberes para calzado. Se los juro, no miento.

Las maracas las fuimos a comprar al mercado de Sonora, un lugar lejano y muy barato. Mi madre me tomó de la mano y me dijo:

—Vamos por tus maracas, no puedes seguir ensayando con lápices en las manos.

Nos subimos a un camión Arcos de Belén.

Mi madre se acercaba a los cincuenta años. Después de perder y ganar una tarde en el mercado de Sonora —en el cual le decían güerita en los pasillos—, regresamos a casa con maracas. Fue amor a primera vista. Me refiero a las maracas: las adoré. Grandes, rojas, repletas de semillas que resonaban si las agitabas, como un aguacero de mayo.

En alguna mudanza, las maracas se perdieron. Ni yo mismo supe cuándo, las abandoné un día y desaparecieron para siempre.

La sombra de mi orfandad oscurece el escenario y trae a mi madre convertida en polvo, resuelta en memoria, el Dios de los ateos. Viene mi madre durante el temblor a decirme que salga de inmediato, que me tardo, que soy una barbaridad, que siempre he sido un tarambana, un ojo alegre, el vivo retrato de mi padre.

Viene mi madre a buscarme a la escuela primaria José Mariano Fernández Lara. Llega tarde, una hora de tortura en el patio escolar después de que ha sonado el timbre de salida. El retraso me desvencija y lloro. Por fin llega mi mamá y yo le reclamo con una rabia desconocida:

—No llegabas.

—¿Tú crees que yo te dejaría abandonado?

—No.

—Entonces, ¿por qué lloras?

—No sé —le respondo aliviado desde el fondo de mis ocho años.

Mi madre y el hígado encebollado forman un episodio aparte. Ella vivió convencida de que el hígado proveía de una fuerza física impresionante y que estimulaba la inteligencia. Cuando me sacaba un diez en materias difíciles, ella sabía el secreto:

—El hígado nunca falla —decía orgullosa de la alimentación con que me volvía un niño fuerte e inteligente.

Muchos años después, la medicina y los conocimientos de la nutrición desacreditaron al hígado de res y lo remitieron a la lista de alimentos peligrosos. Según esto, el hígado consiste en un complejo mecanismo cuyo resultado es una bomba de triglicéridos capaz de estallar el corazón de un adolescente. Mi madre se hundió en el desaliento y luego desconfió:

—No saben nada, inventos, mentiras, propaganda —cuando mi madre descalificaba seriamente algo, siempre utilizaba la palabra *propaganda*.

La verdad es que el hígado vino a menos en casa y en la propuesta nutritiva, un día simplemente desapareció de nuestra dieta. El pescado cotizó altísimo, el omega-3 y la manga del muerto, pero ¿quién compraba entonces huachinango? Moros con cristianos, sí, base de nuestra dieta.

Cuando mi madre estaba descorazonada, se ponía una pañoleta en la cabeza, me tomaba de la mano y me llevaba a la Iglesia de la Coronación. Las mujeres aún se tapaban para entrar al templo, no sé en estos tiempos qué se usa, ¿un velo? La iglesia estaba en el Parque España, en la colonia Condesa. De rodillas, mamá hablaba con Dios o con quien atendiera en ese momento allá arriba. Tiempo después dejó de creer en todo lo que le enseñaron en su casa. Sólo hasta la más alta vejez volvió a creer «en algo superior». Rumbo a sus noventa años me decía que algo más fuerte que nosotros decidiría en nuestras vidas el momento de la muerte. Yo la molestaba:

—Tú nos has enseñado que sólo la Cafiaspirina puede salvarnos.

Niña de mil años, como escribió Octavio Paz, mamá se reía y me llamaba la atención:

—¿No crees en nada?

Me gustaba desarmarla con un toque melodramático, una confesión de amor, un reconocimiento ante sus ojos:

—Sí, creo en ti.

Sólo a veces, como en estos días, una vaga congoja me recuerda que nunca volveré a verla. Grasa Amberes para calzado. Desde luego, sólo faltaba que el hijo de mi madre no llegara de tez negra y con maracas al festival.

No conocí a mis abuelos. El primer viejo a quien ayudé caminar fue a Jaime Sabines. El poeta se sometió a decenas de intervenciones después de una fractura de fémur. Una tarde en una cantina, rodeado de jóvenes admiradores, me pidió que lo ayudara a llegar al baño. Le di el brazo que él tomó con fuerza, del otro lado llevaba un bastón. Tengo fresco aún el relato de cómo dejó de fumar aquel hombre que era una chimenea. Sabines escribió páginas hermosas sobre su madre. Se trata de un poema de XXIV piezas titulado *Doña Luz*. En esa prosa poética Sabines escribe que, tercas y dolorosas, las imágenes de la agonía de su madre se repetían en sueños sin permitirle dormir. A todos nos ha pasado igual en el adiós a nuestra madre.

Mamá regresó con el tiempo, más allá de la agonía. Cada vez que vuelve, ni ella ni yo sabemos quién es el fantasma. Sabemos, sí, que es extraño el sueño de la vida: el patio escolar, el hígado encebollado, Freud, el templo de la Coronación y la agonía.

ENTRA EL ESPECTRO

Acompañé a esta familia en su camino de gitanos y di algunas señales de vida y de muerte. El padre enfermo, la mamá al pie de la cama, la economía familiar en quiebra. Deambulé por la casa solitaria de Antonio Sola. Una noche de televisión el niño volvió a verme como una sombra, uno de esos segundos que duran años. En el baño, el niño debutó en el arte prematuro de la masturbación. Incurrió en otros aprendizajes. La enfermedad de su padre lo arrojó a las calles, caminaba solo a la escuela y veía en solitario los partidos del Mundial de Inglaterra en 1966. Los juegos de la Selección Mexicana de Futbol. Estuve presente en un momento de esperanza, un empate contra Francia con un gol de Enrique Borja; luego, vino la desilusión, una derrota contra Inglaterra, dos a cero; al final, la despedida, un empate contra Uruguay a ceros. Ese día el niño se transformó en Antonio la Tota Carbajal, volaba sobre la cama y caía en el colchón mientras narraba las atajadas del portero mexicano que se despidió del futbol en ese torneo, el Cinco Copas. Pasé algunas veces delante de la sala oval donde las hermanas recibían a sus novios y cometían erotismos

debutantes. En la cocina oscura un día más de la gravedad del
padre, encontré una rata sobre la estufa. Me miró y corrió
despavorida hacia una caldera que surtía de agua al conjunto
habitacional. Los animales pueden ver a los fantasmas, tienen
ojos para el más allá.

1968

CIUDAD DE MÉXICO

❖

Pachuca 157, interior 202

Lo digo así: tengo serias dudas de haber vivido en ese tiempo, pero no puede ser de otro modo. De allá vengo. El 13 de octubre de 1968, la primera plana de *El Heraldo*: «Éxito de México ante el Mundo». En los 10 mil metros planos, Juanito Martínez intentó alcanzar al tunecino Mohamed Gammoudi, pero el mexicano desfalleció y logró sólo el cuarto lugar.

La Plaza de las Tres Culturas, el movimiento estudiantil y las Olimpiadas, un país lastimado y otro sostenido en el triunfalismo. Encontré en el periódico *El Heraldo de México* fotografías del Tibio Muñoz nadando hacia la gloria para obtener la medalla de oro. Vi imágenes de la Ruta de la Amistad, esculturas aburridas dispuestas a lo largo del Periférico. El sargento Pedraza al atravesar la meta, una contrariada medalla de plata en caminata, él quería la de oro que ganó un marchista ruso. La fotografía de Queta Basilio corriendo con la antorcha por avenida de los Insurgentes devela calles desconocidas, una ciudad perdida que cerraba la década de los sesenta.

Desperté en un apartamento nuevo. Esos despertares, vientos de novedad, me provocaban sueños en los que buscaba perspectivas para juegos de fantasía. Pachuca 157, uno de tres edificios idénticos de departamentos. Enfrente había un estanquillo Mi Lupita que nos fiaba mientras nuestra deuda y yo crecíamos. Yo era el enviado especial, el negociador. En el departamento 202 pusimos casa en dos habitaciones, sala con una chimenea inservible, comedor, cocina, un baño. Uno de los límites de la colonia Condesa, a dos cuadras de la calle Pachuca, la avenida Tacubaya, una flecha del tiempo hacia lo que fueron los ríos la Verónica y San Joaquín. El futuro estaba muy cerca del pasado, las casas de principios del siglo XIX imponían su obligación monumental; otras construcciones ancestrales del nacimiento de la ciudad azteca podían verse entonces en esas calles. Lugar de reposo y vacación, a Tacubaya la surtían de agua los manantiales que bajaban del Desierto de los Leones, Cuajimalpa, Santa Fe y las lomas de Dolores. Los ríos Tacubaya y Becerra se convertirían después en el Río Piedad, en el Viaducto Piedad y el Circuito Interior. Entubamos todos los ríos, una ciudad con un gran circuito pluvial quedó convertida en un laberinto hirviente de asfalto. Una tribu de adolescentes atravesaba Tacubaya para la conquista de Chapultepec. Yo iba entre ellos.

El departamento de la calle Pachuca era interior, así se les llamaba si no tenía ventanas a la calle, sino a un patio interno al que le decíamos cubo; en consecuencia, la oscuridad reinaba día y noche, pero no era una cueva. En la extraña chimenea, debajo de los ladrillos térmicos, habitaban ratones, roedores pequeños que en mi mente eran enormes. En el silencio de la noche roían y derrotaban a la oscuridad y al silencio. Mi papá tenía ideas geniales. Una noche tomó un radio de transistores y lo puso al pie de la chimenea de los pequeños roedores para silenciarlos. No lo logró. Ratones que oyen música, cosas de la vida. Me gusta escribir esto: lo que son las cosas.

Mientras peleábamos contra los roedores, los acreedores —pienso en el final de las palabras, ores, ores— hacían su trabajo. La señora Guerrero, dueña del apartamento, tomó serias medidas jurídicas. Llevábamos cuatro meses sin pagar la renta. Lo escribo de nuevo: en la ciudad de mi infancia los niños podían tomar camiones, yo tomaba el Belem, un viejo camión que recorría el centro de la ciudad hasta llegar a la colonia Condesa. Yo descendía del camión en movimiento y encontraba el futuro a grandes zancadas. Esa tarde de sol, al dar la vuelta a la esquina de mi vida, Francisco Márquez y Pachuca, encontré afuera del edificio en el cual vivíamos una gran cantidad de muebles. Mientras me acercaba reconocí mi cama, una lámpara, ropa, el comedor, la sala, objetos de la vida diaria. Nos habían lanzado. La casa a la intemperie. Los abogados lo llamaban desahucio.

Todo se convirtió de golpe en una película mexicana de los años dorados del cine nacional, gran arte del melodrama. De mi padre, ni sus luces. Después de hablar en el teléfono de la esquina, aquellas casetas de a veinte centavos, los tres minutos de los que he escrito antes —de ahí viene la frase:

«me cayó el veinte»—, mi madre, mi hermana actriz y su pareja, no sé cómo, lograron que los muebles fueran a dar a una bodega y nosotros al cuarto de azotea del departamento de mi otra hermana recién casada, la misma que quiso defenestrarse. El joven matrimonio vivía en un pequeño departamento de Pachuca 146-A, interior 403.

No había leído *El sentido de un final* de Julian Barnes. No es ni de lejos una de sus mejores novelas, pero trae un secreto que vale toda la trama: «¿Cuántas veces contamos la historia de nuestra vida? ¿Cuántas veces la adaptamos, la embellecemos, introducimos astutos cortes? Y cuanto más se alarga la vida, menos personas nos rodean para rebatir nuestro relato, para recordarnos que nuestra vida no es nuestra sino la historia que hemos contado de ella».

Mientras escribía este informe de una parte de mi infancia, me di cuenta de que casi todos los personajes han muerto, casi nadie puede bien a bien darme su versión de los hechos, sólo queda mi recuerdo y la forma de contar el episodio.

El problema técnico reside aquí: según mi memoria, en el año de 1968 la casera del departamento que habitábamos en la colonia Condesa contrató abogados para lanzarnos, no sin razón, a la calle. Pero no es ése el punto culminante de la historia a la que yo quería volver.

Otras familias habrían alquilado dos habitaciones en un hotel mientras pasaba la tormenta. Nosotros hubiéramos llegado a eso con algo de dinero, pero éste tampoco es el punto importante de mi recuerdo.

Si la vida no es nuestra, sino sólo la historia que contamos de ella, relato entonces que mi hermana recién casada y superados sus instintos suicidas, nos ofreció el cuarto de azotea del lugar en el cual vivía. Se sabe, pero no ahorremos detalles: los cuartos de azotea los habitaba el servicio, la muchacha encargada de la limpieza estaba dentro de jaulas, sí, jaulas de malla ciclónica para tender dentro la ropa lavada y que no se la robaran los vecinos codiciosos.

En el cuarto sólo cabía una cama que introdujimos con muy serios cálculos geométricos. En ella dormíamos madre, dos hijos menores y un padre perdido en su laberinto. Desde luego, nuestra *suite* no tenía baño, bajábamos al departamento de mi hermana cuando había oportunidad, o usábamos una cubeta.

En esos días fui feliz en la azotea. Mientras recuerdo las caras de preocupación de mi padre y de mi madre, su abatimiento, el recuerdo que tengo de mí se acerca a la alegría. En mi memoria guardo algo de ese niño que pensaba esto: acá arriba nadie nos va a encontrar.

No puedo asegurar que todo haya ocurrido como lo cuento, pero es el mejor recuerdo que tengo de ese tiempo.

Nuestra nueva casa tenía un fregadero de cemento para tallar la ropa en lugar de sala y comedor. Mi padre llegó la noche del lanzamiento, extraviado, sin rumbo. Mi madre, una brújula lastimada, pero que marcaba el rumbo. Muchas veces bajo alguna de esas tormentas que nos prepara la vida, me he preguntado, sin excesos freudianos, si en realidad no me he convertido en él: alguien extraviado y sin rumbo.

No sé si este episodio marcó la relación de mi madre con las alturas. Hasta cierta edad más o menos avanzada tuve prohibido subir a las alturas de los edificios donde rentábamos un departamento para vivir. Mi madre desconfiaba de la parte más alta de las construcciones y de lo que allá arriba ocurría entre tinacos, antenas de televisión, jaulas para tender la ropa, cuartos de servicio para la noche de las sirvientas, lavaderos, tanques de gas. Así crecí soñando con las azoteas como un lugar clandestino, de oscuridades impredecibles y deseos realizados.

Mi madre me contaba historias de niños hechos puré de tomate en el asfalto después de despeñarse desde la azotea de un quinto o sexto piso. De ser ciertas esas tramas macabras, dos o tres niños mexicanos caían de las azoteas cada semana. Así heredé la precaución a las alturas. Mis hijos no conocieron la azotea de la casa de la colonia Condesa donde vivimos cuando ya habían crecido y cumplido los diez años; ambos. Nadie sabe cómo se repetirá, apoyado en la memoria involuntaria, algo de los padres. Un día de vientos cruzados, se apagó el piloto de calentador. Mi hijo de casi veinte años caminó rumbo a la escalera de hierro que lleva a la azotea. Lo seguí como si fuera a tirarse de lo alto:

—Cuidado, el piso está resbaloso por la lluvia —le dije con gravedad.

—¿Por qué odias la azotea? —me preguntó mientras prendía la llama del calentador.

Me sentí apenado. No escribiré aquí del calentador de gas, pero sin duda es un peligro, y de los grandes: flamazos, quemaduras de segundo y tercer grado, incluso explosiones.

Desde luego, cada vez que podía me escapaba a la azotea. Allá arriba vi por primera vez un desnudo de mujer. Juana, la muchacha, la empleada del departamento 3. Me gustaba. Me perturbó tanto aquel desnudo integral que casi sufro un desmayo. Me explico: espié a Juana bajo la regadera desde un punto estratégico de las estribaciones de la azotea.

Cometí un error imperdonable, compartí con amigos ineptos mi descubrimiento. El escándalo de aquella escena reveló nuestra posición y Juana inició una campaña de denuncias que terminó con una reprimenda, la vergüenza y el descrédito.

En esa vida, no se usaban bombas de agua. El líquido subía con fuerza por los tubos hasta los tinacos de la azotea y desde ahí surtía a los departamentos. De vez en cuando se acababa el agua. Directo hacia arriba para averiguar si alguien había cerrado la llave de paso o si en realidad faltaba el agua. Así descubrimos que el amante de Juana era un conocido hampón de poca monta. Le decían el Memelas, un apuesto padrote, ladrón, jugador y golpeador que usaba nuestras calles para la seducción de las sirvientas. Las ocho columnas del barrio las ocupó el amor desbocado de Juana. Más juicios. La despidieron por meter hombres al edificio y al cuarto de la azotea. Me sentí un idiota y pensé: Juana era de cascos ligeros.

Mi padre sólo subía a la azotea para enfrentar uno de los más dramáticos momentos de nuestra vida: la antena aérea de la televisión abierta. Una tragedia: se ve, no se ve, tú dime, no me dices, en fin.

—Mueve la antena hacia el norte —gritaba mi madre. Ella misma ignoraba dónde quedaba el norte. Entonces, corregía—: ¡A la derecha! No, ¡a la izquierda! No se ve nada. Pura nieve. ¡Fantasmas!

Mi papá bajaba de la azotea derrotado y exhausto.

—Nunca veremos la televisión como Dios manda.

Tenía razón: si se veía el Canal 2, el 5 se convertía en una niebla impenetrable. El 4 emitía una señal decorosa, pero nos importaba menos. El 8 nunca se vio en nuestro aparato. Cómo sería de importante la azotea que de allá arriba venía la señal de la televisión. Si lo pienso bien y con calma, algunas de las cosas que sé de la vida las aprendí en la azotea.

Un día inesperado, mi hermana, la del cuarto de la azotea, me preguntó sin venir a cuento y durante una plática telefónica:

—¿Por qué nadie nos ayudaba cuando estábamos tan jodidos? —Se refería a nuestra infancia de carencias sin un quinto en la bolsa de nuestros padres.

El comentario resonó en mi mente. Mientras caminaba muy cerca del ahuehuete del Parque España que sembró el abuelo Herminio, el sol llegaba tarde a la ciudad y la humedad de las lluvias nocturnas levantaba vapores de otros años.

Mi hermana me contó por teléfono que se sentía ansiosa, inestable. Caminé sin saber por los interiores del parque, algunos cafés abrieron sus puertas y desplegaron pequeñas terrazas, discretas esperanzas de mejores tiempos, apenas atravesábamos el final de la pandemia y el covid aún repletaba de tragedias los hospitales.

—No me contestas —insistió ella—, ¿por qué nadie nos ayudó cuando estábamos tan jodidos?

Traía estas frases desde hace días conmigo: «Los insolidarios viven junto a la desgracia mirando hacia otro lado, procurando hacerse los distraídos», por eso no nos ayudaron y tuvimos que ayudarnos a nosotros mismos.

Me dice mi hermana: «No nos habría caído nada mal algo de ayuda». Camino sin evadir los charcos, paso sobre ellos con cierto gusto infantil y le digo:

—Te voy a decir lo que yo creo que es la solidaridad, Alicia —ella se llama como mi madre—: mamá en la oficina de Juan Abreu, un notario pariente. Mamá le pidió prestado dinero, pues estábamos en el lomo de un venado, como decía papá. Él le dio un cheque. Ella le preguntó: «¿Dónde firmo, Juan? Y cuántos intereses hay que pagar». Y él le dijo: «Usted no firma nada, Alicia, esto se lo ha ganado en la vida. Y si necesita otra ayuda, venga a verme». Juan Abreu nunca cobró aquel préstamo. A esto le llamo generosidad… ¿Alicia?

No me oyó. Se cortó la llamada, el WhatsApp no sirve. Yo quería preguntarle:

—¿Por qué no nos ayudaste tú en los días de la azotea?

ENTRA EL ESPECTRO

Acompañé a la familia en su paso por el cuarto de la azotea. En la alta madrugada me hacía sentir entre los tinacos y los tanques de gas. Juana, una joven sirvienta enamorada de un delincuente, me vio como una sombra vigilante.

—¿Eres tú? —me preguntó.

Nunca vi tan abatido al jefe de la familia y al mismo tiempo tan entregado a su otra mujer, embarazada de siete meses.

Lo seguí como una sombra hacia el centro de la ciudad, a la calle de Dolores. Un departamento amplio en un tercer piso. Ella llevaba años trabajando como jefa de meseras en un Sanborns. Allí se conocieron. La pasión destruye todos los obstáculos, pero al cabo del tiempo crea pesos insostenibles, incluso para la más poderosa estructura, que acaban por devastar al amor y sus excesos. Los fantasmas hemos visto repetirse esta historia una y otra vez mientras vagamos por el mundo de los vivos.

Un día le dijo que estaba embarazada y decidieron seguir con la aventura de su amor ensombrecido por las audacias de la lujuria.

La culpa es la dicha infeliz o la felicidad desdichada. Aquel hombre vivía un suplicio. Abordaba un camión Escandón en la esquina de Nuevo León y Laredo, muy cerca del gran edificio Plaza. Minutos después, descendía en la calle Ayuntamiento y Dolores. Caminaba unas cuantas cuadras. En una esquina, a unos pasos de Artículo 123 entraba al Salón Victoria a beber dos brandis Don Pedro y pensar en lo que había convertido su vida. Un aditivo para el engaño. Al entrar, ella le dijo:

—Pensé que venías con alguien.

No supe cómo me presintió. La llegada del hombre, una fiesta. Los cinco hijos lo querían como a un padre. Ella era una gran cocinera y conocía las tentaciones de su amante: sopa de habas, romeros en mole, pipián verde, chiles en nogada, mole rojo. Gran vocación por la fritanga. Un menú a placer para el señor. En el clóset guardaba ropa para pasar la tarde. Lo seguí varias veces y los vi en la intimidad de erotismos entregados a mansalva, sin complejos del bien y del mal, como cantaban cuando bebían brandy. Las cosas que tenemos que ver los fantasmas.

Ese día ella le preguntó:

—Si es hombre, ¿cómo le vamos a poner?

—Será niña: Anna, como la tía de mis amores; y Helia, como tú.

Fue niña.

No sé cómo cayó en mis manos esta máxima de Anatole France: «El azar es el seudónimo de Dios cuando no quiere firmar». Un fogonazo. La tía Anna vivió convencida de que un globero la perseguía. Si la alcanzaba, daría rienda suelta a sus más bajas pasiones. Anna se ocultaba en un tinaco. Sí, con agua. Religión y sexo, los dos arietes con que se viene abajo la puerta de la cordura. Siempre me impresionó la originalidad de su escondite. En casa siempre se recurría a la historia triste de Anna para representar el peligro de la locura:

—Acabará como la tía Anna —decía mi madre cuando un pariente sostenía su vida en rarezas de otro mundo.

La tía Anna, el globero y el tinaco representaron para mí, desde que era niño, la locura. Conocí a Anna en la senilidad de su vida loca, una anciana de mirada penetrante, como miran quienes conocen todos los pliegues miserables de la existencia humana. No se espanten, pero no me equivoco si digo que en la familia hubo locos. En todas las familias hay locos; aunque no se presenten así ante el público en general, desde la gayola se oye un grito:

—Estás loco.

Un pariente no lejano, un tío abuelo, cortaba con las tijeras de sus dedos índice y cordial trozos magníficos de aire y los vendía al mejor postor. Schopenhauer descubrió que la cólera es una breve locura. El tío Carlos puso en práctica ese aforismo el día en que le reventó en la cabeza un teléfono a su cuñada, de los de antes, por una herencia que iba y venía entre las llamas de la codicia familiar.

La senectud sorprendió a mi padre cuando lo atacaba el perro del delirio. Una mañana, mi hija le contestó el teléfono:

—¿Está tu papá? —le preguntó agitado.

—No, abuelo, ¿qué necesitas? —Quiso ayudarlo.

—Todo. Resulta que me robé un piano.

—No lo creo, abuelo. —Quiso darle una cuerda para regresar a la realidad.

—Sí, definitivo. Me robé un piano.

Todavía tres años después de su muerte natural de anciano, mi hija me preguntó dónde pudo robarse un piano mi padre. La vida es cruel: papá volvió del delirio para enterrar a la mujer con la que vivió más de sesenta años, mi madre. La realidad es un alambre de púas.

El tío Luis, hermano de mi padre, vagó por los callejones de su mente de viejo durante años. El último tramo de su vida no fue fácil: los vivos le parecían muertos y los muertos vivos. Así platicaba todo el santo día de Dios con su madre y hablaba con su hermano muerto que estaba, más vivo que nunca, frente a él. Recordé la frase de Chesterton: «El loco no es el hombre que ha perdido la razón. Es el que ha perdido todo menos la razón».

Un toque de locura me llevó un día a buscar aquel departamento de la calle de Dolores. No lo encontré, no quise encontrarlo, tocar el timbre, entrar y hablar con todos ellos. Me perdí por algunas calles del Centro. Buen Tono, por el rumbo de la vieja telefónica de Victoria. Imagino las humaredas antiguas de la usina de tabaco más famosa de México. Fábrica de Cigarros El Buen Tono, S. A. Algunas marcas salidas de su estanco: Elegantes, Charros, ¡Viva Huerta!, Caprichos, Gardenias, Héroe de la Paz. El empresario Ernesto Pugibet vino de Cuba y puso todo el conocimiento de la hoja loca en un pequeño hormiguero de humo y nicotina. Camino por la calle de Pugibet, eminente porfiriano que salió pitando de la ciudad durante la Decena Trágica. Abandonó todo lo que dejaba a su paso.

Gasto la suela otra vez sin olvidar el departamento de la calle de Dolores. Hubiera apostado que sabía dónde estaba. Siempre estuve cerca de las apuestas y del juego. Mi padre, gran vago profesional, me llevó muy temprano al hipódromo de Las Américas y al Frontón. Me enseñó a estudiar el cuaderno de los caballos y a apostar rojos o azules. Creo que fue en el frontón donde tomé mi primer trago de alcohol, un brandy con cocacola. Mi papá se las sabía de todas, todas, pero yo no aprendí bien. Si el caballo traía peso, o más bien corría en fango, o había perdido sus últimas tres carreras. Si el pelotari ganó sus últimos juegos. La pelota como un rayo me hipnotizaba. Pero no aprendí. En cambio el edificio me parecía majestuoso. Luego supe que fue diseñado por Kunhardt y Capilla.

Mi padre no era un ludópata, pero jugaba bien, sin desesperación y con entusiasmo. «¿Cuál te gusta?», me preguntaba. «El 10», decía yo, me refería a un caballo; o los rojos, pelotaris, fuertes, capaces de reventar una pelota contra los muros del frontón. La tercia de ases de mi padre: futbol, toros y frontón. No había depresión del domingo. Eso era vida.

Las cartas siempre me aburrieron. El pókar me mataba de sueño. Me acordé de todo esto porque conseguí *Poker. Crónica de un gran juego*, del poeta inglés Al Alvarez. En 1981 Alvarez viajó al desierto de Mojave, al sur de los Estados Unidos, para escribir una serie de crónicas para la revista *The New Yorker* sobre la Serie Mundial de Póker. Álvarez fue un jugador empedernido que frecuentaba los garitos londinenses, pero nada tenía que ver aquello con lo que se encontraría en el casino Horseshoe.

Cuenta Alvarez: «En 1980, alguien llegó del desierto con dos maletas, una vacía y la otra con 777 mil dólares en billetes de cien. La llevó a la caja en la parte de atrás del casino y cambió los ordenados fajos de dinero por fichas; luego, escoltado por guardias de seguridad, llevó sus ficheros a una mesa de dados, apostó todo a una sola tirada, ganó, regresó a la caja con su doble carga de fichas, llenó las dos maletas con el dinero y se fue. Su único comentario fue: "Pensé que la inflación se iba a comer este dinero de alguna manera, así que más valía duplicarlo o perderlo todo". Nunca regresó».

Mientras leía esa trama del pókar, he pensado que aprendí muchas cosas de la vida en esos cuatro espacios: el futbol, los toros, el frontón y el hipódromo. Y el box. Caminé perdido sin la fuerza de carácter para encontrar la calle de Dolores y de pronto estaba en Buen Tono 36.

Gimnasio Nuevo Jordán, la catedral del box. A veces la vejez le da un toque de dignidad a las personas y a las cosas, éste es el caso de los tres pisos de salones para hacer pesas y crear deportistas fuertes, extraños guerreros mexicas que han desarrollado el músculo hasta lograr hipertrofias contundentes. En el último piso, arriba de los *rings*, los manejadores dan instrucciones perentorias a sus pupilos mientras entrenan y se rompen la madre dentro del encordado, el arte de los golpes, aquí se sueltan mazazos a lo bestia, el recto de derecha, el *jab*, el *uppercut*.

Me gusta el box, pero nunca estuve en el altar del templo que la Ciudad de México le dedica al boxeo. Al pie de estos *rings* entrenaron boxeadores como Julio César Chávez, Rubén *el Púas* Olivares, Mantequilla Nápoles, Ratón Macías, de entre el ejército de fajadores que han entregado su vida al encordado. Éste fue el establo mítico del Cuyo Hernández, aquí se sudaba la gota gorda y se soltaba metralla a granel, grandes dosis de cuero se dispararon en el Jordán, la meca del deporte de los madrazos.

Cortázar relataba que una noche le tocó dejar estupefacta a una señora que preguntaba cuáles eran los grandes momentos del siglo xx que le habían tocado vivir. Sin pensar, respondió: «Mire, señora, a mí me tocó el nacimiento de la radio y la muerte del box». La señora, que usaba sombrero, pasó inmediatamente a hablar del poeta Hölderlin.

Desde una esquina donde dos jóvenes intercambiaban rectos y recibían golpes sobre la máscara protectora, pienso que el boxeo me gusta porque al peleador lo sigue la sombra del héroe trágico. Un perfil de ese personaje narra la historia del joven que ha tocado la gloria del triunfo: fama, dinero, mujeres, amigos, reconocimiento. El destino marca el fin de la felicidad y el héroe se asoma al abismo y dilapida toda su fortuna. La atracción del vacío lo devuelve al anonimato, pero ahora, golpeado, sin fuerza ni dinero, permanece perdido en el laberinto del desprecio. ¿Le dicen a usted algo los apodos y los nombres de Pajarito Moreno, Kid Azteca, Toluco López o Chango Casanova? Ellos cuentan la historia de ese héroe perdido en las sombras.

Del otro lado de esa línea de fuego, espera el boxeador a quienes los dioses abandonan a la hora de la verdad, ese guerrero que le ofrenda la vida al *ring* y da y recibe cuero al por mayor. En el gimnasio, bajo los estragos de los duros entrenamientos y hasta que la juventud lo abandona, ese soñador se retira en silencio. Imposible saber si entre estos fajadores alguien tiene madera de campeón. Nunca se sabe quién carga con sus sueños realizados en la espalda.

Vuelvo a la calle de Buen Tono. Un río popular envuelve en una nube los guantazos. Oigo a mi padre en algún lugar de la memoria:

—Ése es un *upper*. El otro, un *jab*. Ahí tienes un recto.

Mira las piernas, nunca dejes de verles las piernas a un peleador, sin ellas pierde el fuelle.

Amenazaba lluvia en Arcos de Belén. Apresuré el paso mientras pensaba: «no les vi las piernas, carajo». Tiempo después, en Ayuntamiento, frente a la vidriera de la tienda La Europea, elegíamos: Glenfiddich, Glenlivet, Macallan. Los ríos populares del ambulantaje apenas nos permitían caminar con las botellas. Más tarde, mi papá miraba el mundo detrás de un vaso *old fashion* y un Glenfiddich entre cubos de hielo. Era su modesta bola de cristal.

Sé que he trazado algo, pero no sé bien qué: ¿un mapa de varias ciudades en busca de un departamento en la calle de Dolores?

1968

Ciudad de México

❖

Boulevard Miguel de Cervantes Saavedra 41, interior 102
Colonia Anáhuac

La familia era un dado: podía marcar uno, o seis. Nuestro cubo marcaba uno, el número menor. A la hermana de mi madre, el azar le puso en suerte un seis y se convirtió en una viuda rica que heredó una fortuna de su marido, muerto joven de una cardiopatía incurable, hermano de un colaborador cercano de Miguel Alemán Valdés, el presidente que alejó al país de su condena militar para acercarlo al mundo civil. De paso, ese grupo en el gobierno robó a manos llenas mientras lo modernizaba: el alemanismo. Uno de sus empleados amasó una fortuna que terminó en las cuentas bancarias de Eva, la hermana de mi madre. Aquel seis del cubo traía entre sus muchas propiedades dos edificios en una zona pobre de la Ciudad de México de los sesenta. No sin reproches por nuestra caída libre y los arrebatos de mi padre, nos prestó un departamento. Dar y regañar, la generosidad mezquina.

La colonia Anáhuac era entonces un barrio popular. Recuerdo sus calles como un nuevo mundo, extraño, hostil. Una zona industrial, la cervecería Modelo, los dulces Laposse.

Olores que siempre me acompañarán, el de la cerveza y los dulces. Aprendí a recorrer la calle Ejército Nacional, una frontera que dividía una colonia de ricos y otra de pobres. Cervantes Saavedra pertenecía a la de las urgencias de dinero. Y allá fuimos a parar, a la colonia Anáhuac. Las calles tenían nombres de lagos, pero nosotros habitábamos aún más allá de los lagos: Laguna de la Mancha, calle Ferrocarril de Cuernavaca

Nos mudamos a un departamento de dos recámaras, sala, comedor, un baño y cocina pequeña sin estufa ni refrigerador. No nos hacían falta, mi madre era una maga para conservar fresco el alimento y transformarlo a fuego lento. Si lo pienso, ése fue su secreto: conservar y transformar.

Mi trabajo consistía en comprar combustibles para el bóiler: paquetes de aserrín con petróleo para calentar el agua, los baños de ese edificio no tenían calentadores de gas. En la cocina había una parrilla eléctrica. Los compraba detrás de la vía del tren, muy cerca de un tiradero cuyas estribaciones consistían en inmundicias acumuladas en el tiempo. Recuerdo una taza del baño, un cinescopio de televisión, ruedas de bicicletas, pelotas ponchadas, zapatos viejos, latas vacías de comida, papeles sucios. A mí me parecía interesante sobre todo porque había una tienda de paletas heladas. Las de grosella, mis preferidas, y lo digo con seriedad: nunca me enfermé del estómago, ni una infección.

He tratado de regresar a ese tiempo, a los días en que tomaba un asiento en el camión Juárez-Loreto. No sé cómo, pero conservo un boleto. Un *billet doux* quiere decir en español «mensaje de amor», uno de los míos es ese boleto de papel delgadísimo con el nombre de la línea camionera.

Un día de mi vida adulta abrí un libro y ahí estaba ese mensaje de amor de la ciudad. Costaba cuarenta centavos, dos veintes de pirámide —me refiero a las monedas del año de 1968—. Si perdía una moneda estaba jodido. Nunca perdí una. El camión pasaba cada media hora y yo lo esperaba mientras veía los anuncios de las películas en el vestíbulo del cine Chapultepec.

El cine desapareció para ceder su lugar a la Torre Mayor. Si me planto en la entrada del rascacielos, entre el ajetreo de quienes entran y salen con una esperanza de trabajo o de negocios, recuerdo con claridad las imágenes de *Crimen en el coche cama* con Jean-Louis Trintignant y Pierre Mondy. En otro buque fantasma, el Cine Diana, a unas cuadras, programaron *El valle de las muñecas*, con Patty Duke y Sharon Tate.

Ya he dicho que los periódicos viejos son máquinas del tiempo. La avenida Reforma conservaba aún algunas de las casas en las que habitaron porfirianos eminentes cincuenta años atrás, chalets suizos, pequeños castillos estilo francés. Muchos años después supe que donde esperaba el Juárez-Loreto estuvieron los terrenos del potrero de La Horca. El dueño, Francisco Somera, se dedicó a la compra de ese campo donde se fundó la primera colonia de la Ciudad de México en 1857, la de los Arquitectos.

Avanzando desde los parajes de La Horca se podían ver las extensiones del Rancho de los Cuartos y la Hacienda de la Teja que cerraban sus caminos en las faldas del cerro de

Chapultepec. Se llamaba Calzada del Emperador, el sueño de Maximiliano y Carlota bañado en sangre y locura. Más tarde lo llamaron Paseo Degollado y al final Paseo de la Reforma. La colonia Americana se convirtió entonces en la Juárez.

El niño que esperaba el camión en el cine Chapultepec pisaba entonces los terrenos de Francisco Somera, ministro de Fomento de Maximiliano, que mediante despojos y exacciones logró que la calzada imperial cruzara por sus propiedades. No deja de ser una ironía de la historia que esa zona habitada durante mucho tiempo por el hechizo francés que desvelaba a Porfirio Díaz haya empezado con La Horca, lugar en el que ejecutaban a los ladrones y los asesinos.

Nosotros estábamos ahorcados. Mi padre repetía:

—No tenemos un quinto partido por la mitad, estoy ahorcado.

Algunas cosas no nos abandonan nunca. A veces pienso en los combustibles, en el olor penetrante que yo aspiraba antes de introducirlos al bóiler para el baño caliente. Desde luego, el sabor de la grosella me regresa a la infancia, nadie puede vivir sin el niño que fuimos dentro del alma.

Así me enamoré del pasado de la ciudad, con un *billet doux*, el boleto de un pasajero para viajar en un camión urbano y atravesar la ciudad.

Me pregunto con qué llenábamos el saco de la vida en ese departamento prestado. En casa había un disco *long play* de

Lucha Villa. Cuando teníamos tocadiscos, mi madre y yo oíamos *Es que estoy pensando en ti*. La marca, Musart; en la portada, Lucha olía una rosa y desafiaba con sus ojos al amor y sus desdichas. A la hora de la comida la televisión estaba prendida y transmitía en blanco y negro *Operación ja-ja*. El Loco Valdés, gran comediante, me encantaba. En la noche, *Inmortales del cine nacional*, y si me desvelaba, un programa infumable: *Comentarios y celebridades* con Agustín Barrios Gómez. Les recuerdo que la programación de Telesistema Mexicano terminaba a las doce de la noche; de esa hora en adelante, la pantalla se convertía en un infinito de puntos y un sonido imponente de estática, la niebla electrónica, lo más parecido a la nada.

Me faltaban muchos años para ver en el cine las películas de adultos. Me conformaba con la cartelera y soltar a los perros de la imaginación. En el Roble, David Niven y Deborah Kerr: *Prudencia y la píldora*. Perderse estas películas no importaba, pero no entrar al Cine Diana a ver *El valle de las muñecas* era un escándalo. «La historia de cuatro mujeres en un mundo donde el amor se llama pasión y la felicidad se llama dinero». Estrictamente para mayores de 21 años. Yo me colgaba de las lámparas cuando veía la fotografía de Patty Duke con una minifalda de espanto y una cara con gesto de estoy dispuesta a todo. También actuaban Sharon Tate y Barbara Parkins. Me falta el nombre de la cuarta mujer apasionada. ¿Alguien lo sabe? En esos días me llevaron al Real Cinema a ver *Fantasía*. Vi contra mi voluntad el bodrio de Walt Disney, la cartelera anunciaba a Stokowski y a la orquesta sinfónica de Filadelfia. No hay derecho. Mientras la hipopótama bailaba con un tutú, en algún lugar, Patty Duke se consumía en pantalla en las llamas de la pasión.

Las historias de familia se confunden de forma misteriosa con el mundo. Yo podría restaurar la vida en casa con los recuerdos de los presidentes del PRI. Cuando mi padre tuvo a Anna Helia fuera de su matrimonio, Alfonso Martínez Domínguez era el presidente del PRI y Enrique Olivares Santana el secretario general. Corrían hacia el abismo los últimos años de los sesenta. Por lo mismo, asocio esos nombres con la sorpresa y el escándalo. Los nombres de los políticos, sólo había priistas, seducían a mi padre y le habría gustado que sus hijos se dedicaran a la política activa. Poder y dinero, su ambición. ¿Quién no ha deseado alguna vez poder y dinero?

En la casa de mi infancia se hablaba una y otra vez de Carlos Madrazo, presidente del PRI en 1964. Según mis padres, Madrazo habría sido asesinado en un supuesto accidente de aviación. En casa no iba bien la vida, todo se nos atravesaba y nos derrumbaba. Yo creo que mi padre estaba deprimido porque su hijo mayor se fue al fin del mundo, a Alemania, y además supongo que quería abandonar la casa y la pasión le quemaba el alma de la fidelidad.

A veces viene a mi mente el nombre de Manuel Sánchez Vite, presidente del PRI en 1970, años de trifulcas caseras. Mi padre y el senador José Castillo Hernández armaban tremendos zafarranchos de trago y perdición. El senador Castillo quería ser gobernador de Guanajuato. Planeaban aquella gubernatura en la cantina desde la una de la tarde y luego, dicen las malas lenguas, se hacían acompañar por algunas suripantas.

—Pérez —le decía el senador a mi padre—, el alcohol lo conserva todo, menos el trabajo.

Mentía. A Castillo nunca le faltó trabajo y la vida le concedió una muerte feliz durante el sueño. En cambio, mi papá iba y venía bajo la tormenta del desorden de su alma envenenada por las ambiciones y su corazón enloquecido por amores desaforados. Pinche Sánchez Vite.

Tengo frente a mí la fotografía de Gustavo Díaz Ordaz, Alfonso Corona del Rosal, Bernardo Quintana y Agustín Yáñez en el interior de uno de los flamantes vagones color naranja del primer transporte subterráneo de México. El presidente, el regente de la ciudad, el ingeniero de la construcción y el escritor no parecen ir a ninguna parte. Su único destino es la lente de las cámaras de los fotógrafos que capturan sus sonrisas. No saben, no pueden saber, pues desconocen el futuro, que han fundado una nueva, desquiciada sucursal del infierno. 5 de septiembre de 1969. Primera plana: «El Metro en servicio. Fue entregado por el presidente al pueblo de México. La obra más extraordinaria de cuantas se hayan emprendido en este gobierno». Me asombra la sumisión de estas páginas a las que caracterizaba el elogio ciego a cambio de los favores presidenciales.

La especulación inmobiliaria trazó el destino de la ciudad: hacia el norte los terrenos eran más baratos, en ese límite fincó su fuerza de producción un parque de fábricas y nacieron las colonias Vallejo, Industrial, Tlanepantla. Hacia el sur aparecieron las nuevas zonas residenciales en aquellos lugares que desde el siglo XIX fueron centros para el descanso veraniego. Como una promesa de prosperidad, se poblaron las colonias Coyoacán, San Ángel, Pedregal.

Tres días antes de la inauguración del Sistema de Transporte Colectivo, Díaz Ordaz rindió el quinto informe de su gobierno. Primera plana: «Unamos voluntades». Páginas y páginas de inserciones pagadas felicitando al presidente, apoyando su mandato firme. Una vergüenza en un país que aún guardaba recuerdos inmediatos de los muertos de la Plaza de las Tres Culturas en Tlatelolco, los presos políticos, la represión, la locura criminal y paranoide de un presidente irascible.

En el cine Tlatelolco se exhibía *El graduado*, quince semanas de éxito en las que Dustin Hoffman miraba subyugado, después de la tempestuosa cama, a la señora Robinson, desde luego, Anne Bancroft. Me volvía loco la idea de la mujer mayor seduciendo a un joven. Calculo que esa señora tenía la edad que dejé atrás hace tiempo. No pude ver la película, no me permitían la entrada. La vi años después en el Cine Lido. En cambio, sí fui y entré a la Plaza de Insurgentes en la confluencia de Oaxaca, Chapultepec e Insurgentes. Una ciudad con vida subterránea, un transporte veloz que derrotaba al tiempo, una plaza comercial en donde la vida efervescente agitaba el futuro.

En esos días, en el Teatro Blanquita bailaba Tongolele y Kippy Casado compartía créditos con Beto el Boticario. En el teatro Cuauhtémoc, el profesor Alba asombraba al mundo con grandes actos de hipnotismo. El Cinema Insurgentes, arriba de la plaza del metro, abrió sus puertas el 11 de septiembre exhibiendo una película de guerra: *La batalla por Anzio*. Mi madre y yo fuimos a ese cine y nos sentamos en las butacas con nuestras palomitas a ver *El planeta de los simios*. La verdad, forcé a mi mamá, ella no tenía el menor interés en ver esa película, pero las madres hacen muchas cosas por sus hijos. Esa tarde caminamos por la plaza y nos sentamos a tomar ella un café y yo una Coca-Cola en una terraza. Un café con mi madre. Al fondo se oía la voz de Johnny Dinamo y los Rockin' Devils. Los trajes de baño Catalina se habían adueñado del mercado, el tenista Rafael Osuna había muerto dos meses antes en un accidente aéreo, el mismo avión en el que viajaba Carlos Madrazo. No sabíamos, puesto que no conocíamos el futuro, que el cine terminaría en escombros y la plaza convertida en un basurero. Ése suele ser el fin de las ambiciones, menos el cumplimiento de una promesa y más la desaparición de los sueños.

En el Centro, una ciudad ancestral mandaba mensajes al futuro. Durante las excavaciones para la construcción del metro fueron encontradas setenta toneladas de piezas arqueológicas. La voz de Tenochtitlán le recordaba al porvenir que también ella, un día, tuvo un auge extraordinario y, sin embargo, perdió el esplendor.

El nombre del Hotel Reforma fue sinónimo de prestigio y plenitud. Más precisamente el Ciro's, uno de los centros nocturnos de ese edificio que se levantaba en la esquina de Reforma y París. Se fundó en el año de 1936 y fue la bandera nocturna de nuestros padres. Habían encontrado al fin su parentesco con la noche. Todavía en los años sesenta, mis papás recordaban alguna noche feliz en el Reforma. Hay lugares que nos persiguen toda la vida con la fuerza centrífuga de la memoria; para ellos, ese lugar era el Ciro's y sus promesas de noche interminable, en ese entonces se adentraban en las nubes del alcohol, sentían entre las yemas de los dedos el oro molido de la juventud.

La Ciudad de México contaba con 3 millones 100 mil habitantes cuando los cuarenta se desvanecían. El Paseo de la Reforma estrenaba la primera instalación de alumbrado público con postes ornamentales. El gobierno de Ávila Camacho se proponía alejar a México de la orilla rural de su historia para acercarlo a la sensibilidad de las grandes ciudades. El Ciro's y el Hotel Reforma representaban la riqueza, el poder, la belleza, México puesto al fin a la hora del mundo.

En esa esquina de Reforma se conocieron Agustín Lara y María Félix, Pedro Armendáriz reinaba entre botellas y Arturo de Córdova y Ramón Gay compartían mesa. En las pláticas familiares se decía que Gay había terminado en ese tiempo un ardiente y apenado romance con Ninón Sevilla. Cualquiera habría perseguido el sueño del Ciro's y el Salón Maya que lo alojaba, la leyenda de los presidentes que se hospedaron en las modernas habitaciones que por primera vez separaron dos ambientes en una estancia, el cuarto y la antesala. Mario Pani, un joven arquitecto de veintidós años, construyó el Hotel Reforma, aquel hechizo de la ciudad.

Diego Rivera pintó tres murales en esos interiores nocturnos. Mi padre decía que eran unos monigotes horrendos;

no quisiera entrar en discusiones, pero tenía razón. En cambio, juraba que había visto en el Ciro's a la nadadora Esther Williams, a Cole Porter y al mismísimo Sinatra. Mentiras, nunca le creí, pero quizá esa nube guardara una verdad: una gran fortuna se dilapidaba en el Ciro's, la suya, la de mi madre. En esos días, Salvador Novo escribía y se quejaba, de dientes para afuera desde luego, de la desaparición de las pulquerías y elogiaba el mezcal de ollita, un recurso fingido para despedir al mundo rural y saludar al México industrial que soñaba Ávila Camacho.

Los encabezados de los periódicos reproducían la reunión de Churchill, Roosevelt y Stalin en Yalta. He querido imaginar el despertar de mis padres una mañana, después de una noche en el Ciro's, verlos cuando la lectura del periódico les informaba del mundo en llamas.

En los años cuarenta, la glorieta de Cuauhtémoc y la del Caballito eran los centros neuróticos del tránsito de coches, los edificios crecían uno tras otro, edificaciones de apartamentos, la Lotería Nacional, el Pontiac y, desde luego, el Hotel Reforma. El dueño del centro nocturno, Alfred C. Blumenthal, tenía cuentas pendientes con la justicia americana y puso en el Ciro's una oficina pública para tratar con capos de la droga y del contrabando, algo cambiaba para siempre en la Ciudad de México.

ENTRA EL ESPECTRO

Seguí a esa familia en su nueva mudanza a la colonia Aná-
huac a bordo de un camión utilizado para trasladar frutas
y legumbres alquilado afuera de un mercado. Camas y sillo-
nes, un comedor, mesas, lámparas, un pequeño tocadiscos.
Todo desfiló por los pasillos y atravesó el umbral de un primer
piso.

Una madrugada de silencios funerales moví una silla y el
padre dejó la cama para revisar la cerradura de la puerta. Es-
taba convencido de que los vecinos de esa colonia formaban
bandas de ladrones. No estaba muy lejos de la verdad. Encon-
tró todo en orden y volvió a la cama. Le preguntó a su mujer:

—¿Estás despierta?

—No he pegado el ojo —respondió y le dijo—: ¿Qué va-
mos a hacer? Después de esta mudanza, no hay nada más, las
puertas se cerraron.

Él atravesó la oscuridad y se sentó en la cama, vencido
como nunca antes en su vida, pero le quedaban los sueños.

—Tengo un gran negocio entre manos. En dos meses reco-
gemos el dinero a carretadas. —No había dicho una mentira

para salir del paso, lo creía con todo el corazón, pero los cora-
zones no hacen buenos negocios.

—¿Y mañana? —preguntó ella sin rencor, mortificada por
la vida áspera.

—Para salir de ésta, empeñamos las argollas, mi reloj, tus
aretes, el tocadiscos. —Miraba hacia la puerta oscura como si
pudiera verme.

La oscuridad y el silencio los llevó a los dos a los años feli-
ces de la casa de Parque España 47, al recuerdo de sus prime-
ros tres hijos, a la abundancia, a las dos fortunas que habían
amasado: la juventud y el dinero, que entonces parecían fuen-
tes inagotables. Soñar con el pasado es un sedante indulgente.

Las cosas que tenemos que escuchar los fantasmas.

1970

Ciudad de México

❖

Cadereyta 16, departamento 1
Colonia Condesa

La escena muestra el camellón de avenida Tamaulipas, en la colonia Condesa. Mamo Wolde, el gran maratonista etíope, corre a mitad de la calle. Detrás del mítico corredor se alza el edificio Plaza, abandonado durante muchos años. Wolde trae el número 24 en la playera. Dos o tres jueces olímpicos de sombrero lo miran atentos a un lado del arroyo, del otro los admiradores le aplauden. ¿Qué destino persiguió como una sombra a esas personas que aplauden desde el camellón de palmeras?

Mientras observo la fotografía, en un momento sorpresivo descubro que a esa altura del camellón de Tamaulipas está la calle Cadereyta donde mi familia puso su nueva casa. Veo más y encuentro, no sin estupor, que un niño le aplaude a Wolde. Soy yo a los once años de edad. Me miro incrédulo.

Sé lo que ese niño ha vivido día tras día hasta llegar al presente, en el caso de que éste sea el presente. En cambio, el niño de la fotografía ignora las cosas que vendrán, su mundo está hecho de una avenida con palmeras, un parque, un corredor de maratón en las Olimpiadas del 68. No sé qué es lo que vine a decirme desde el pasado, lo averiguo en estas páginas.

El departamento de Cadereyta ocupaba la planta baja en un edificio de los años cuarenta, en la parte trasera de un fracaso arquitectónico: el edificio Plaza, un gran barco fantasma. Ubicado en un triángulo urbano, las calles Nuevo León, Tamaulipas y Juan Escutia, el Plaza pasaba sus días a oscuras y surtía a los niños que fuimos de historias negras. No me espantaban los fantasmas, sino las ratas, dueñas definitivas de aquel enorme buque encallado en nuestra vida infantil.

Mi madre me contaba que ese terreno era el espacio de las caballerizas a donde la llevaban los mozos para recoger a su caballo y pasearla por los parajes de lo que había dejado de ser una hacienda, la Hacienda de la Condesa. Luego supe que la memoria de mi madre no fallaba, en ese predio estaban las caballerizas Anzaldo.

En el año de 1934 dos emprendedores, Ceballos y Castro, soñaron un gran edificio de oficinas, departamentos y un cine, pero como suele pasar con los sueños, éstos nunca se cumplieron. Mis padres se casaron en la iglesia de la Coronación en 1942. Esa iglesia le dio la cara muchos años al Plaza, a un paso del Parque España. En una casa de ese parque mis papás vivieron sus años más felices, pero creo que eso ya lo conté, lo repito siempre para hacer realidad esa trama.

Mientras tanto, en 1946, el arquitecto Serrano, el hombre que le dio a la colonia su carácter *art déco*, inició en colaboración con Fernando Pineda aquella edificación. Las adversidades impidieron que los arquitectos llegaran a ver realizada su obra.

Después de muchos pleitos, la construcción se interrumpió definitivamente en el año de 1959. El edificio se convirtió en un fantasma que vigilaba la ciudad desde su triángulo urbano.

Diecisiete años más tarde, mis padres habían perdido una fortuna, el Plaza despertaba y nosotros, mi familia, habitábamos en ese pequeño departamento en la calle Cadereyta. No me equivoco si digo que de ahí vengo, cualquier cosa que esto quiera decir.

Los sueños abren y cierran el escenario de su teatro como les da la gana; el cine bajó la cortina. Reabrió sus puertas en 1992 con nuevas salas y luego se volvió un gran auditorio de conciertos, bares, noches sin fin. El terremoto del año 2017 acabó con el Plaza.

Salí de casa y caminé a buscar la palmera donde le aplaudí al maratonista Wolde. En algún tiempo las palmeras de la ciudad daban dátiles comestibles. La demolición había empezado. Bajo la palmera me pregunto qué parte de mí se va entre los derribos.

En cada mudanza había que empezar de nuevo. Me hice de amigos. Investigué los secretos del barrio. Los jóvenes, mayores que yo, traían historias extraordinarias. Gómez aseguraba que se había cogido a una gallina.

—La inmovilicé con las dos manos y se la metí varias veces.

—No mames, Gómez, la hubieras matado —le respondía Manuel Ohem.

—Te lo juro, pinche Manolo.

—¿Y de quién era la gallina? O qué, ¿tienes gallinas en la sala de tu casa? —dudaba Ohem desde sus reflejos alemanes.

—En la azotea del edificio, güey. Me la llevé a un baño.

—Embarazaste a la gallina, puto. De un huevo saldrá una gomegallina —decía Abraham, un muchacho alto, rubio, de familia judía—. Mejor cógete a un güey si andas tan caliente. Al Ohem le gusta la ñonga.

—No soy maricón, pendejo —respondía Gómez convencido de sus gustos gallináceos.

Abraham y Ohem nunca discutieron por sus familias y sus agravios históricos, una era judía y la otra alemana, el exilio en México les otorgó un porvenir de reconciliación y olvido.

Tengo aún algunas preguntas del futuro de ese niño que le aplaudía al pie de una palmera al maratonista Mamo Wolde: ¿por qué hiciste todo aquello para llegar hasta aquí? ¿Por qué me trajiste a este momento? Y la pregunta crucial: ¿esto querías? A todos nos ocurrirá ese momento, ni lo duden. Me sigo esperando.

Entorpecido de sombras, diría Borges, encontré en la hemeroteca una noticia que ha cumplido más de cincuenta años. La nota venía desde Miahuatlán, Oaxaca, escrita el 7 de marzo de 1970 por José Luis Parra, reportero de *El Universal*. En la cima del Cerro del Metate pudo verse como en ningún otro lugar un eclipse de sol. Científicos, místicos, espiritistas esperaban el gran acontecimiento: el manto negro que podría cambiar sus vidas, el día que se convierte en noche.

En Cadereyta subimos a ver el espectáculo a la azotea del edificio donde vivíamos. «No mires», me decía mi madre: «porque te quedas ciego», y «no te acerques a la orilla». Ciego por ver el sol, jamás. A las 10:40 horas, los animales se inquietaban, dice la nota de Parra. La temperatura bajó a siete grados de una forma inesperada, la sombra se acercaba. Sí daba miedo, aunque hasta donde recuerdo en la ciudad se veía poco o nada de aquel eclipse. Todo ocurría en la televisión y en el radio. Un velo cubre la bóveda celeste.

—No mires, porque te quedas ciego —repetía mi madre, alterada como si se acercara el fin del mundo.

Alguien, no recuerdo quién, me dio un trozo de negativo fotográfico, película velada. Miré algo al fondo. Oscuridad. Un atardecer en la mañana. A las 11:31, dice la nota de Parra, el sol se convierte en un disco monumental. En el momento en que ocurre el eclipse total, el cielo se oscurece, primero en matices naranjas, luego en azul oscuro. En el momento en el cual la sombra de la luna cubre al sol surgen pequeñas esferas alrededor. En la azotea desde donde intentamos presenciar el espectáculo había una rara exaltación, miedo a lo desconocido. Incluso alguna mujer rezaba un avemaría.

La verdad es que a mí me impresionó mucho más la muerte de Radamés Treviño, gran ciclista mexicano que fue arrollado por un coche en la prueba México-Calpulalpan.

Eso lo recuerdo como si fuera ayer. La vida transcurre entre olvidos, luego borré de mi memoria a Radamés porque empezaba el Mundial del Futbol México 70. Yo no dormía: repetía la alineación de México y de Brasil. Recuerdo que le cometieron una falta al Cabo Valdivia en el área. Penalti contra Bélgica. el Halcón Peña hizo el gol y México pasaba a la siguiente ronda. La vida es así: un hecho esparce el polvo del olvido sobre otro y lo sepulta para siempre.

Todo se desvanece en el tiempo. He vuelto a la calle Cade-reyta, única, breve, tenue unión entre Nuevo León y Ta-maulipas. Me asomé por una de las ventanas que daban a la calle desde la sala y el cuarto en el que yo dormía. Esos espacios de nuestra intimidad los convirtió un empresario en un restorán árabe. No soporté la tentación y entré. Pedí la mesa que estaba puesta donde veíamos la televisión. Ordené un vodka doble en las rocas. Le di un sorbo al Grey Goose, un vodka francés carísimo con el que quise regresar el tiempo. Pensé: «en este lugar estuve con mi primera novia, desnudos en la cama, inexpertos y felices a los 15 años».

No sé qué busco, pero algo busco, lo sé. Ésta fue nuestra guarida durante muchos años. Donde yo dormía hay mesas. En el baño, nuestro baño, se guardan los blancos del restauran-te. Como si abriera una puerta, veo caminar a mi padre por la sala del departamento en la cual ahora hay meseros. Entre más busca el éxito mi padre, los reveses de la fortuna son mayores y más crueles; mientras más cerca se siente de una victoria, más lejos se encuentra de ella. A todos nos ha pasado, piénsenlo.

A unos metros de mi mesa, mi padre entró un mal día al clóset de su cuarto y sacó de un estuche un fajo de dinero, producto de algún buen negocio, y se lo metió al bolsillo. Así pagó la fianza de uno de los hijos de Helia, preso por asaltar tiendas Kodak. Mi madre nunca se lo perdonó.

En ese mismo clóset se guardaban los archivos de la familia, las cajas y las maletas que contienen nuestra historia: fotografías, cartas, postales, periódicos, recados. Un peligro. Cuando murió mi padre, las puse en la cochera de mi casa conyugal y me juré revisar el contenido con calma. Pasaron los años. Una tarde me acerqué en silencio. Una ciudad perdida apareció de la nada entre papeles amarillos y fotografías viejas. Un combate de flores en el Parque España en el año de 1922, un llano que se convirtió en la calle de Tamaulipas. Tarjetas postales del siglo XIX en las cuales reconozco Reforma y casas de la vieja colonia Juárez. No sé cómo llegaron a la maleta ni para qué las conservaba mi papá. En las fotografías que guardan estas maletas aparece mamá, una mujer de cincuenta y cinco sin más porvenir que hacer el quehacer, atender a sus hijos y esperar: algo espera, pero no sé qué. La veo desde la mesa que he tomado en el restorán: mi mamá va de la cocina al comedor, habla y se lamenta de los nuevos tiempos:

—Los jóvenes de hoy no saben lo que es el amor, ni el sexo, para qué más que la verdad. Pero a ver: mata al deseo.

En el mismo clóset que dejó de existir cuando remodelaron el lugar para convertirlo en restorán, aparecieron, unidas por dos ligas gastadas, una colección de agendas. Una parte de la vida de mi padre puesta en breves claves y entradas, desde 1957, año en que yo nací, hasta 1974. Busqué en la agenda de 1973. Yo, dieciséis años y él, cincuenta y seis. No diré que me asombró, pero encontré esta declaración de la derrota: «El tiempo se fue. No hice nada», y luego signos de ceros y pesos. Es decir que estaba en la quiebra. Quebrarse: quién no se ha roto un día.

En esas agendas todo tenía una breve noticia: amigos, mujeres, sueños puestos bajo la forma del negocio extraordinario. Una entrada del año 1977, cuando mi papá cumplió sesenta, decía así: «Todo terminó». No sé a qué se refería. No todo debe saberse.

Decido poner por escrito estos vagos recuerdos. Apenas caben en mi memoria la casa de Cadereyta, los espejos, la sopa de fideo. Todo se seca y da lugar a nuevos sueños.

Salí de mi casa, del restorán, convencido de que el pasado es un bote de cenizas. Dejé atrás el tiempo en que Luis Echeverría invitaba a la apertura democrática, Brasil se coronaba con un equipo de ensueño en el Mundial de Futbol, Díaz Ordaz se despedía seguido por una cauda de odio y en casa todo era un caos. El tocadiscos no volvió nunca de la casa de empeños. Pero nos las arreglábamos para oír en el radio a Roberto Carlos: *Detalles*, el éxito que lo consagró en el año de 1972.

En el viejo cajón Admiral vimos a José José cantar *El triste* en el festival de la OTI, el himno de Roberto Cantoral con el que inició la trayectoria de éxitos de un joven de Clavería tocado por la maldición de un don. Los dones siempre traen con ellos un castigo. 1970: cautivada, mi madre reconoció de inmediato en ese joven a un gran cantante. Pocas veces la vi tan entusiasmada por algún asunto de la farándula, así le llamaba ella a la banalidad de las figuras del espectáculo.

Confieso que aquella emoción fue un grillete. Nunca más me abandonó el Príncipe. Lo seguí disco tras disco. Las canciones que Rafael Pérez Botija y Manuel Alejandro, Napoleón o Juan Gabriel le entregaron a la portentosa voz de José José crearon una sensibilidad y una época.

Gané la partida. Durante años, en la alta madrugada de nuestras juergas, amigos y amigas se quejaban porque mientras todos gritaban como locos yo quitaba el disco de un gran grupo de rock, La Crema, y ponía una del Príncipe. Insultos por mi mal gusto. Eric Clapton era un maestro vertiginoso cuyos dedos producían un sonido eléctrico, limpio como un estanque de agua fresca. Juro que esos mismos amigos terminaron cantando en coros exaltados algún éxito de José José.

«Hay días en mi pasado que volverán», murmuraba mi padre en el cuarto de Cadereyta. *Volcán*, de Rafael Pérez Botija, el estallido de una pasión malograda. Me la sé completa: «Besabas como nadie se lo imagina / Igual que una mar en calma / Igual que un golpe de mar / Y siempre te quedabas a ver el alba / Y a ser tú mi medicina para olvidar».

Una medicina para olvidar.

Recordé esto: no busques la historia, ella te encontrará a ti. Me encontró esta breve trama cuyos personajes fueron Rubén Zuno Arce, su cuñado el presidente Luis Echeverría Álvarez, mi padre y mi hermano.

Zuno fue diputado y miembro de la mesa directiva de la Confederación Nacional Campesina. Durante el sexenio de su cuñado se convirtió en un director sin cartera de la Conasupo, la Compañía Nacional de Subsistencias Populares, una empresa paraestatal concebida para garantizar la compra y regulación en precios de la canasta básica.

En la novela que teje la vida, mi padre necesitaba un trabajo porque no teníamos en qué caernos muertos, este apotegma paterno definía los días de Cadereyta. Mi hermano había iniciado una carrera diplomática en Alemania y había logrado el cargo de agregado cultural. Una de sus misiones consistió en mostrarle a los hijos mayores del presidente algunos de los secretos de Alemania mientras su padre realizaba giras delirantes por el mundo. Mi hermano, un hijo de Echeverría —Rodolfo— y su hermana María Esther se hicieron amigos. Y él y ella algo más, según se guardaba en casa el secreto bajo siete llaves. No sé los detalles del romance, pero una tarde el Estado Mayor presidencial tomó la calle de Cadereyta y María Esther Zuno de Echeverría entró al pequeño departamento a platicar con mi mamá. Mi padre había despegado rumbo a la fantasía: consuegro del presidente. Jugó esa ficha con habilidad y audacia, conocidos oportunistas le ofrecían negocios. Mi padre se entregó a un solo trabajo: la boda de su hijo con la hija del presidente. Para que las nupcias tocaran tierra firme había que vencer un obstáculo: el compromiso de mi hermano con una alemana, Bárbara Fervers.

La intriga que inventaron mi padre y algunos amigos en una mesa del Sanborns, el mismo donde Helia trabajaba de sol a sol, me parece aún genial en su simplicidad. Nunca dejamos de ser niños; ellos en esa mesa de café, pan y sueños de grandeza, tampoco. Emocionado por la posibilidad de un futuro de negocios presidenciales, un amigo joven que se acercaba a esa mesa de hombres de empresa ofreció sus servicios. Su parecido con Robert Vaughn, Napoleón Solo, el agente de C.I.P.O.L., era una garantía. Su misión: viajar a Alemania recomendado por mi padre para un negocio. Mientras mi hermano estaba en México, Napoleón Solo conquistaría a la alemana induciéndola a los fuegos del adulterio, un engaño del que se enteraría mi hermano en su momento. Así, por despecho, celos, odio, esa relación se convertiría en el polvo triste del fracaso. Y luego, el sueño realizado.

—Pide la aduana de Manzanillo —le decían los seguidores de la trama siniestra—. Nos hinchamos de ganar dinero. Vamos a levantar el dinero con pala.

El plan maestro fracasó, la alemana no se interesó por Napoleón Solo y mi padre obtuvo lo que no quería: un trabajo fijo bajo las órdenes del cuñado del presidente.

A la mitad del sexenio de Echeverría, en casa el teléfono sonaba a las siete de la mañana. Era Zuno Arce. Tardé años en saber que papá fue mucho más astuto que Zuno y que nosotros. Se lo quitó de encima y evitó seguirlo en una aventura que ya había iniciado el cuñado del presidente Echeverría. Lo invitó a trabajar con él en Guadalajara como asistente de sus empresas, desprendidas del tráfico de influencias, el robo, la exacción. Mi madre veía nuestro futuro en esa ciudad, pero mi padre se negó:

—No sabes de lo que es capaz este hombre.

—Viviríamos mejor, más tranquilos, con algo fijo —insistía mi madre.

—Te lo digo: no es de fiar.

Se le puede llamar a esto una forma de la previsión o, si ustedes quieren, honestidad. Ésa sí la ganó mi padre.

Años después, Zuno se vio envuelto en el asesinato de *Kiki* Camarena, el agente de la DEA que desató la locura persecutoria estadounidense de la droga en México. La casa donde torturaron a Camarena le pertenecía a Zuno: la famosa casa de Lope de Vega, en Guadalajara. Pensando que escapaba de la policía, Zuno voló en su avión a Texas y ahí fue aprehendido en 1989. Las sospechas de sus vínculos con

Félix Gallardo, Caro Quintero y Ernesto Fonseca se comprobaron. La condena: dos cadenas perpetuas, murió en prisión de un cáncer a los 82 años.

Entre rayos y centellas de la memoria recordé que el jueves 10 de junio del año 1971 fui a tomar clase al Instituto Francés de América Latina y más tarde al cine con mi madre. Aprender el *passé simple* parecía sencillo, pero era una monserga. Vimos *Anónimo veneciano*, la película de Enrico Maria Salerno, en el Cine Ritz que estuvo en la calle de Yucatán, cerca de Ámsterdam, de Insurgentes, de la librería de la UNAM y no sé de cuántas cosas más que han desaparecido. Sí sé: la librería Hamburgo, el restorán La Fogata, la Farmacia Pasteur, la zapatería Florsheim.

Una *love story* a la italiana que transcurre en Venecia. Florinda Bolkan y Tony Musante en los papeles principales se gritan como locos y ofenden con insultos italianos en los puentes mientras los canales venecianos fluyen con cierta indiferencia a sus espaldas. Apenas pasé la censura que clasificó la película para adolescentes y adultos. La música de Stelvio Cipriani atravesó los últimos treinta años del siglo XX e incursionó en el alba del XXI. Ustedes no pueden oírme, pero la estoy tarareando. Mis padres tenían exactamente la edad que tengo ahora, no sé muy bien qué quiera decir esto, tampoco voy a viajar a mi interior para averiguarlo en mis adentros psíquicos, despreocúpense.

La noche anterior, una de mis hermanas mayores le

había encajado un coraje a mi madre, así se decía entonces, cuando le informó que al día siguiente participaría en una manifestación de estudiantes. Veterana del 68, de Tlatelolco y su eco devastador, mi hermana la actriz no se iba a perder por nada del mundo el regreso de los jóvenes a las calles. Fue un encontronazo de gritos como los de Florinda Bolkan. Mi madre logró que mi hermana menor no asistiera a la marcha. Ambas, una como maestra y otra como alumna, pertenecían a la Preparatoria Popular, plantel Liverpool, ni más ni menos. Se sabe: la educación popular, la burguesa, la lucha de clases, la maldita pequeñoburguesía. «Tu hermana se queda en casa o le informo a tu padre y arde Troya».

Tony Musante, o el personaje de Tony Musante, da igual, tocaba el oboe y su sueño era ser director de orquesta. En el pasado hizo una pareja de tempestades con Florinda Bolkan. Musante —dejemos el nombre del actor como si fuera el personaje— le pide a su exmujer que lo visite en Venecia. Muchas tomas de Venecia, canales, lanchas, el hotel Danieli al fondo, el puente de Rialto. Ella teme un terrible chantaje, pero como nos pasa muchas veces, paga por ver. Más secuencias de Venecia. Al fondo se ve la isla de Lido.

La verdad es que la película me estaba fastidiando en la oscuridad, a los diálogos de reproche siempre le seguían palabras de amor, y viceversa, y la Bolkan no enseñaba los pechos ni de casualidad. Mi madre en cambio parecía encantada por el *drame psychologique*. Nunca le pregunté por qué le gustaba tanto la película de Salerno.

La manifestación en apoyo a la huelga de hambre de los estudiantes de la Universidad Autónoma de Nuevo León salió del Casco de Santo Tomás. El plan maestro de los organizadores indicaba que recorrerían Carpio y la Avenida de los Maestros para desembocar en México-Tacuba. Mientras Florinda Bolkan besaba a Tony Musante, los granaderos bloquearon las calles adyacentes a la marcha. Cuando Florinda Bolkan admitió que aún amaba a su exmarido, los granaderos abrieron sus filas y detrás de ellos apareció un grupo paramilitar. Sí, los Halcones. Armados con varas de bambú, de kendos y rifles de alto poder, los jóvenes mercenarios avanzaron contra la columna de la marcha. El tiroteo a granel duró varios minutos y los disparos aislados toda la tarde y parte de la noche. En esa ciudad todavía no existía, por cierto, el Circuito Interior, Melchor Ocampo era una calle con un camellón alto como una valla y, aunque parezca una locura, el sistema hidráulico de cuarenta y ocho ríos que cruzaba el rostro de la ciudad aún no había desaparecido del todo.

En un momento culminante de la historia de amor, Tony Musante le confiesa a su exmujer que padece una grave enfermedad, un cáncer incurable. Más música de Cipriani. Lágrimas en los ojos. «Te pedí que vinieras porque necesitaba sufrir con alguien», le dice Musante a Bolkan. Mi madre salió triste y molesta del cine, como si supiera leer el destino en las señales de su mano.

En ese mundo extraño no había celulares inteligentes, internet, redes sociales. A la salida del cine, una edición de las Últimas Noticias informaba de forma vaga, opaca, de la represión y el tiroteo, de los heridos. Nunca vi a mi mamá tan desesperada, sólo la noche del 2 de octubre del 68. En casa, ella marcó teléfonos sin suerte, nadie sabía de mi hermana actriz. Esperamos. Mi padre escandalizaba: el acabose, el regente Martínez Domínguez renunciará, el procurador Sánchez Vargas morderá el polvo. Asesinos.

Mi hermana llegó después de las nueve de la noche. Contó su historia. Un grupo de amigos corrió a refugiarse a la Normal perseguidos por los Halcones. Saltaron las puertas cerradas de la escuela. Les disparaban por la espalda. Un joven corría con ella hombro con hombro en el patio del plantel. De pronto, lo perdió de vista. En la carrera, volteó y lo vio en el suelo, herido. Ella y otros compañeros lo llevaron a un salón. Murió en sus brazos.

A comprar bulbos en la calle República del Salvador. Soy el encargado de cuidar dos cilindros de cristal fundidos. Una impresión de números, su nombre extraño. Algo así: AH-301-c. Mi madre y yo caminamos por avenida San Juan de Letrán. Ella aprovechaba el viaje para depositar una carta para su hijo mayor en el Palacio Postal, en Tacuba.

Cuando camino por el Eje Lázaro Cárdenas, me detengo un momento e invento en un mapa interior de mi memoria una ciudad desaparecida. El convento de San Francisco en demolición y la avenida Santa Isabel perdiéndose rumbo a las montañas del horizonte, la historia que me contó mi padre. El siglo xix quemaba sus naves. Los derribos de aquel monasterio sombrío desaparecieron y un enorme baldío iluminó la esquina de Eje Central Lázaro Cárdenas y Madero que compraría la compañía de seguros Latinoamericana, fundada en 1906. En ese terreno crecería el sueño de la grandeza mexicana.

La voracidad del alemanismo y sus negocios urbanos permitieron que en 1948 empezara la construcción de la torre. Tres nombres de ese tiempo que en la casa se escuchaban como si fueran héroes: el ingeniero Adolfo Zeevaert y los arquitectos Augusto H. Álvarez y Manuel de la Colina. A mis padres les parecía que la construcción del edificio más alto de México merecía todo el respeto del mundo.

La Torre se inauguró en 1956, en la nueva ciudad ruizcortinista y bajo el mando del entonces regente de la ciudad: Ernesto P. Uruchurtu. Los que nacimos en la parte alta de los años cincuenta crecimos oyendo la letanía de que a la Torre Latinoamericana nunca la derrumbaría un sismo. La letanía era una verdad. Todavía repito en ocasiones, como si hablara de algo mío, que el sistema de rieles de la torre la vuelve un portento de equilibrio y fortaleza. Desde luego no sé lo que digo, no tengo idea de lo que sea un riel bajo la tierra ni cómo pueda ponerse tal instrumento para vencer a la cólera telúrica. Volvimos en camión con los bulbos nuevos, transparentes. Gran éxito.

ENTRA EL ESPECTRO

Sentado en el comedor del departamento de Cadereyta fui testigo de esa temporada sedentaria en la familia de gitanos. Una mañana seguí a la madre y al hijo menor al Centro. Abordaron un camión Escandón-Ayuntamiento. Caminaron por San Juan de Letrán rumbo a la Torre Latino. En el elevador el niño temblaba de miedo y la mamá también. Los recibió el hermano del padre, un hombre tocado por la disciplina del trabajo y las pretensiones y majaderías que trae el dinero. Allí le ofreció a la madre y, de paso, al hijo pagar la renta de Cadereyta. Lo escuché decir:

—Que vengan a cobrar la renta aquí, Alicia, todos los meses. Pepe está loco, nunca cambiará, un irresponsable, tarambana. Mis papás siempre se lo dijeron.

Ella dio las gracias y salió de la oficina. En una pared había una fotografía enmarcada en la cual un hombre vigilaba: Eustaquio Escandón, director de Nacional de Drogas, empresa dedicada a la distribución de medicinas.

Una carrera de ascenso en esa compañía y ese edificio le permitieron al hermano del padre ahorrar una modesta fortuna.

A esta forma de malgastar el tiempo y el esfuerzo algunos le llaman vida ejemplar. De nada sirvió. El hombre de los cheques murió abandonado en sus delirios de loco perdido en una casa del Pedregal que se caía a pedazos.

Ese pequeño departamento me obligaba a salir de noche por las calles. Aún los fantasmas necesitan de espacio. Entré muchas veces al edificio Plaza y observé desde el último piso el Parque España, en un extremo, el cine Lido al otro.

Me hice presente el día en que el padre sacó de un clóset dinero para pagar fianzas por los delitos de uno de los hijos de Helia. Moví una fotografía enmarcada de la familia. Se partió en dos en el piso y ella dijo:

—Eso somos: algo roto.

Me tocó atestiguar la entrega del dinero, los reproches y los gritos de aquel hombre colérico en el departamento de la calle de Dolores. Anna Helia era una niña asustada de cinco años.

Las cosas que presenciamos los fantasmas.

Cada acto de percepción es en alguna medida un acto de creación; cada acto de la memoria es en algún grado un acto de la imaginación, esto lo escribió Oliver Sacks, el neurólogo que logró combinar la ciencia con la belleza de la vida misma, con la narrativa interna, con la literatura. Sigo entonces en el mismo pasillo de la memoria esperando a que se abra la puerta de otro recuerdo.

La casa de la revolución estaba en Coyoacán, una comuna de trabajos forzados para construir al hombre nuevo. Abordaba en Insurgentes un camión colonia Del Valle, daba vuelta en Tehuantepec y avanzaba en línea más o menos recta por Avenida Coyoacán, que entonces era una calle de dos sentidos divididos por un estrecho camellón de cemento. El camión se enrielaba en las correderas de un tranvía que dejó ese camino pocos años antes. Si no recuerdo mal estamos en el año de 1974.

Las noches de fiesta revolucionaria rozaban la locura. De una enorme olla de peltre emergían cucharones de Coca-Cola y ron. Llené varias veces los jarros de los cuales bebí mientras al fondo de un patio sonaba la guitarra de Carlos Santana salida de un acetato negro: *Mujer de magia negra*. Por primera vez sentí cómo la bruma del alcohol cambiaba el orden de las cosas. Un prodigio. Esa parte de la noche me gustó, la otra fue un infierno de mareos y arcadas sin fin. Así conocí el trago y sus delirios.

Las aguas de mayo reverdecían los árboles amarillos y sin hojas. En esa Ciudad de México desaparecida, un grupo de jóvenes viajaba rumbo a Guerrero en el interior de la caseta trasera de una camioneta. Un baño sauna. Los setenta se abrían paso hacia la desolación de los oscuros años ochenta mexicanos y se alejaban del 68 y sus muertos. La apertura democrática de Luis Echeverría y la guerrilla ocupaban las primeras páginas de los periódicos.

Vuelvo a la camioneta blanca de la cual ocho jóvenes bajaron en Chilpancingo. Un viaje insufrible. Ellos formaban parte de un grupo de teatro experimental y de protesta, así se llamaba. Los actores, sí, escribí actores, realizaban una gira por el estado con una breve obra del dramaturgo chicano Luis Valdez: *Soldado razo*.

El elenco de la obra se atragantaba un pozole en una fonda y repartía en una baraja las palabras clave: conciencia de clase, modo de producción, superestructura, arte comprometido, Lucio Cabañas, Genaro Vázquez Rojas. Ninguno de ellos había cumplido los treinta, el menor tenía dieciséis. Yo soy el más joven de la compañía.

Ya he contado en otra página que fui actor de carácter y no despreciaba los papeles de reparto. No se burlen. Mi papel en *Soldado razo*, una protesta en escena de los chicanos que partían a la guerra de Vietnam, no era para despreciarse, pues incluía un extrañamiento brechtiano. Recuerdo aún mi primer parlamento:

—¡Qué asó, amá!

Lo memoricé sin graves problemas. La entonación chicana era un hallazgo. El extrañamiento brechtiano ocurría cuando el cuadro escénico se congelaba y yo, en el papel del Carnalito, me dirigía al público para informarle esto:

—Mi hermano mayor se va a la guerra.

De inmediato, el cuadro recuperaba movimiento y mi hermano me decía:

—Cuide mucho a la mamá, carnalito.

La breve obra en un acto era muy intensa, pues el hijo partía a la guerra provocada por el imperialismo y la madre albergaba pensamientos nefastos sobre el porvenir de su hijo mayor; así, en soledad y con el corazón despedazado, la madre lloraba la partida de su hijo. Creo que también había un papá y una hermana, pero no me hagan caso, lo cierto es que yo actuaba sin lugar a dudas a un carnalito.

Además, en algún momento culminante todos cantábamos corridos chicanos. Mi voz era potente. Búrlense, pero mi voz también conquistó elogios de propios y extraños.

Recuerdo la normal de Ayotzinapa y el patio trasero donde había un estrado. Allí representamos *Soldado razo*. Los maestros normalistas ovacionaron nuestra puesta en escena. La noche de aquella función los ocho actores nos reuniríamos con el comité de lucha de la normal rural. A las once de la noche pasó a recogernos un maestro, Gonzalo, y nos llevó a un salón de clases:

—No prendemos la luz porque hay mucho soldado y le tiran a lo que se ilumina y se mueve.

La reunión tuvo lugar a oscuras y sentados en el piso, bajo el nivel de las ventanas. Las brasas rojas de los cigarros Del Prado aparecían y desaparecían en la oscuridad. El último en llegar se presentó sin mayores prefacios como contacto urbano de Cabañas.

Nos ofreció tres niveles de lucha, a escoger: uno, entrenamiento para formar parte de una de las células de Lucio en el monte; dos, entrenamiento fuera del país y contactos para ayudar a la guerrilla urbana en alguna casa de la Ciudad de México; tres, constituir un brazo informativo contra la prensa vendida y dar a conocer las acciones de la guerrilla en contra de la burguesía y a favor del proletariado.

La cosa iba en serio. Elegimos la tercera opción. Durante los meses siguientes, picamos esténciles y produjimos en el mimeógrafo noticias en papel revolución; no sabíamos de dónde venían las fuentes y si eran ciertas, la verdad es que estábamos convencidos de que la revolución empezaba a ocurrir en México y la vanguardia estaba compuesta por la guerrilla enquistada en los montes de Guerrero: «El deber de todo revolucionario es hacer la Revolución». Poco tiempo después olvidé para siempre ese deber.

Volví a este recuerdo de la utopía mientras revisitaba un poema del escritor colombiano Juan Gustavo Cobo Borda. Copio dos estrofas:

Mientras mis amigos, honestos a más no poder,
derribaban dictaduras,
organizaban revoluciones
y pasaban, el cuerpo destrozado,
a formar parte
de la banal historia latinoamericana,
yo leía malos libros.
(...)
Ahora lo comprendo:
en aquellos malos libros
había amores más locos, guerras más justas,
todo aquello que algún día
habrá de redimir tantas causas vacías.

Mientras leía a Cobo Borda pensé de nuevo: en el futuro siempre nos espera un trozo incandescente del pasado.

Me estrellé de pronto y sin saber con un nombre: Karen Horney. Ocupaba en mi memoria un lugar oscuro hasta que la luz extraña del recuerdo iluminó su nombre.

Horney escribió un libro: *El autoanálisis*, un compendio psicoanalítico con todas las de la ley que incluía un sistema para realizar un autoanálisis. Yo leía como Dios me daba a entender, todavía leo así. Preparé a mi yo, instruí a mi ello, le hice serias advertencias a mi superyó y les dije: voy a autoanalizarme, se los digo para que estén alertas.

Así empezó el viaje a las oscuridades del interior: escena primaria, resistencias, etiología de la histeria, represión, mecanismos de defensa, neurosis compulsiva, narcisismo, deseo; estas palabrotas puestas en el crisol del caos jugaban a las cartas con preguntas terribles: ¿quién soy? ¿Quiénes son mis padres? ¿Tengo raíces? ¿Soy infeliz?, un rosario, literalmente un rosario de oraciones.

Ya he dicho que eran los años setenta y los sábados por la noche sonaba en las fiestas *Una pálida sombra*, el éxito inmortal de Procol Harum: «*We skipped the light fandango / Turned cartwheels 'cross the floor*». Procol Harum era el nombre del gato del pianista de la banda. En latín quiere decir: «más allá de estas cosas».

En la casa de la revolución hicimos un puchero incomible con nuestros conocimientos que terminó con muchos de los lectores de aquel libro realizando sus deseos a troche y moche. Llegó otro gran documento a nuestras manos: *La revolución sexual* de Wilhelm Reich, un libro escrito en 1936. Por cierto, se ha perdido aquella ambición que anhelaba el conocimiento de la vida interior.

Una tarde de abril, después de una larga sesión en la hemeroteca, caminé por el estacionamiento, una isla de asfalto. Me había tirado de cabeza en el año de 1975. La vida mexicana avanzaba rumbo a un abismo. El periódico *Excélsior* que dirigía Julio Scherer daba esta noticia en sus ocho columnas: «Ford despidió a Schlesinger, a Colby y HK como consejero».

Era una noticia bomba, Gerald Ford le pedía la renuncia al secretario de la Defensa, al director de la CIA y al jefe del Consejo de Seguridad Nacional.

Ese mismo día, la primera plana del viejo periódico *Excélsior* daba esta noticia: «Murió asesinado Pier Paolo Pasolini: la policía informó que arrestó a Giuseppe Pelosi de diecisiete años de edad quien confesó ser el asesino de Pasolini, lo mató a golpes en la cabeza con una gruesa tabla porque el cineasta trató de obligarlo a tener relaciones sexuales».

La vida cotidiana organizaba sus tiempos alrededor de la televisión: *Los locos Adams, La familia Partridge, Barnaby Jones, Siempre en domingo.* En el Cine Diana exhibían *Sucedió un sábado* con Sidney Poitier, Bill Cosby y Harry Belafonte. En el Cinema La Raza 70 pasaban *The Getaway* (*La huida*), con Steve McQueen y Ali MacGraw. Se corría la voz: en el teatro El Galeón exhibían una obra de teatro, *Adán y Eva*, donde los protagonistas se desnudaban.

El año de 1978, un pasaporte a un futuro de éxito. No sabía aún, con la claridad a que te obliga la edad, que las promesas son el disfraz de las desgracias. En aquel México, José López Portillo lanzaba la jabalina, besaba a Rosa Luz Alegría, su novia y secretaria de Turismo, le entregaba la policía a su viejo amigo Arturo Durazo y hacía las cuentas de la renta petrolera. Las tres acciones parecían la misma cosa. En el Cine Metropólitan exhibían *Las perversas,* con la diosa del amor Edwige Fenech, desnudos a granel en la pantalla grande. No deja de parecerme extraño que Granados Chapa escribiera su columna «Plaza Pública» en *Cine Mundial.* El día de la muerte del músico Carlos Chávez titularía así su contribución al periodismo de los años setenta: «Un estadista de la música». En el pasado hay más humor de lo que suponemos.

Mientras el país se preparaba para la abundancia, Gloriella, la *vedette* del momento, mostraba sus enormes pechos al mundo mientras denunciaba a Olga Breeskin: «Ella usa silicones», declaraba en las secciones de espectáculos. Los pechos de Gloriella eran volcanes espectaculares en erupción. Puedo asegurarlo cincuenta años después de que la prensa de la farándula la fotografiara como vino al mundo. Por alguna razón misteriosa extraño ese México; bien pensado, más bien extraño a aquellos que fuimos a los veinte, invulnerables años. No lo sabíamos, pero avanzábamos hacia una catástrofe a la cual aún no toca el olvido.

El presidente López Portillo declaró en Querétaro que estaba satisfecho del desarrollo nacional: «El problema ahora es acelerar». Y sí, hubo una aceleración. La verdad es que México había caído en el pozo de la catástrofe económica. El presidente administraba la abundancia. Los resultados pueden documentarse en los libros de historia y en las cuentas del Banco de México.

Al mismo tiempo, ocurría una alucinación colectiva encabezada por la propaganda televisiva. Después de años de penurias futbolísticas, México tenía un gran equipo de futbol. Al cabo de tantos desaires internacionales, nuestro país había reunido a once deportistas magníficos. Anuncios televisivos, entrevistas, vaticinios extraordinarios, pronósticos optimistas. Esa alucinación colectiva que llamaban Selección Mexicana hizo sus maletas para viajar a Argentina y disputar el XI Campeonato Mundial celebrado bajo la dictadura del asesino Rafael Videla. El 2 de junio de 1978 terminaba la alucinación y empezaba otra pesadilla. Ante el estupor de José Antonio Roca, entrenador del equipo nacional, Túnez derrotaba a México en la ciudad de Rosario. Unos días después, en Córdoba, el tren alemán emitía vapores abundantes y atropellaba a México. En esa época negra, Manuel Seyde, cronista mayor del diario *Excélsior*, acuñó el apodo que atravesaría la cortina del tiempo: «ratones verdes». El diario deportivo *Esto* fijaba a esa generación de futbolistas de la desgracia. De la escalerilla del avión descendían el Gonini Vázquez Ayala, Antonio Alatorre, Hugo Sánchez, Cristóbal Ortega, Leonardo Cuéllar, Nacho Flores. Algunos de ellos llevaban puestos lentes oscuros, como si vinieran de un funeral o de cerrar una operación con el cártel de Medellín. Aunque han pasado muchos años, me sigue asombrando la cabellera de Leo Cuéllar, su pelo encrespado era un nido de pájaros; no se sabía si estábamos ante un bajista de un grupo de rock pesado o frente al mismísimo hombre de Cromañón.

Me encuentro en periódicos de la época con esta noticia que ha atravesado la cortina de los tiempos hasta convertirse en un extraño presente. *La Prensa*: «El secretario del PRI, Juan Sabines, señaló ayer que entre las reformas importantes para transformar radicalmente al partido, además de establecer el sistema de elección conocido como "democracia transparente", se encuentran los siguientes: el PRI no podrá celebrar coaliciones o alianzas con partidos cuyas tesis ideológicas y programáticas sean antagónicas a las nuestras». Estuve unos minutos pensando en ese año y en esas noticias, un poco sin sentido, otro poco por la necesidad de asomarme al pasado como uno se asoma a un pozo. Lo cierto es que México era considerado una de las doce potencias petroleras del mundo, López Portillo afirmó que Pemex era la pieza central de ese crecimiento.

Recuerdo dos asuntos que taladran mi memoria y no sé qué hacer con esos recuerdos. Primero, sufro al pensar que la gran obra teatral de aquel entonces se llamaba *Papacito piernas largas*, una joven Angélica María actuaba. Una gran noticia cimbraba a la Ciudad de México: «Desde hoy, Boletrónico. Programe su diversión. Evítese las molestias». Qué cosa más rara comprar boletos por teléfono. ¿Se acuerdan de Las Chic's?, tocaban en El Apache 14, en Insurgentes Sur.

Fumé cigarrillos como un loco. Un día me contaron que había un cigarrillo elaborado con finos tabacos. Los producía la Tabacalera Mexicana. Las investigaciones realizadas en 1977: Muratti 2000. Recuerdo que fumé muchos, miles.

Ese año, Eduardo Matos Samaniego y María Zorina Saínz se quitaron la vida en un pacto suicida. Eran estudiantes de la Universidad Iberoamericana. ¿De verdad ocurrió todo esto?

Salí de la hemeroteca después de otra sesión con periódicos viejos. Mientras caminaba por el estacionamiento, cerca de los árboles universitarios y el olor a humedad de un chubasco, recordé esta máxima de Irène Némirovsky que luego busqué para ponerla en este informe: «En el fondo todas las pasiones son trágicas, todos los deseos están malditos, siempre conseguimos mucho menos de lo que soñamos». Había dormido mal. Hablo de abrir el ojo a las cuatro de la mañana acosado por fantasmas en raros episodios oníricos. Hablo de ese espacio oscuro entre el sueño y la vigilia. Se jodió la noche y el día siguiente también, como si tuviera que arrastrar una tristeza del tamaño de un elefante. A esa hora el recuerdo se acerca y descubre un escenario que se ilumina con intermitencias temporales.

Ese mundo intempestivo le pertenece a los muertos. O mejor, se trata de una ofrenda en el altar de nuestros muertos. Mi mamá vino a visitarme muy joven, lejos de los noventa años que cumpliría. Hablábamos de su familia, de sus padres. Luego mi papá y yo caminábamos por las calles de mi infancia, pero él y yo, por esas cosas que sólo ocurren en sueños, teníamos la misma edad: sesenta y cinco, y nos parecíamos. Mi hermano me exigía entre bromas que le devolviera una pluma, que yo no tenía en mi poder: tengo la mía, le decía yo, y además tiene música, cámara y luz. En ese momento desperté para no dejarlos ir, me imagino; atrapar sueños, quién no se ha propuesto esa aventura imposible. Se fueron y me quedé con los restos de estas breves historias hasta que la luz entró por la ventana.

He fabricado una interpretación compasiva para explicar estas visitas nocturnas. Si te sientes solo y a oscuras, algo de ti atrae como un imán lo que has perdido y lo llamas para que te haga compañía. A riesgo de que se me diagnostique como una víctima de duelos enfermos, yo digo que los muertos siempre vuelven, si no, no existiría la memoria.

Sueño a mis muertos con extraña frecuencia. Dicen los que saben que así son los duelos, un trabajo lento de amor y desamor. En esos escenarios oníricos increpo a mi padre de una forma grosera. Me llama la atención que lo enfrente así por asuntos que en la vida de la vigilia le perdoné desde hace muchos años, cuando pacté con él una paz del alma que nos llevó a pasar buenos tiempos. Ahora me preocupan estos sueños: ¿y si nunca le perdoné sus pecados capitales? ¿Si me engañé todo este tiempo con un velo de serenidad inexistente? Despierto en la oscuridad, más solo que nunca, y repaso el sueño y pienso que he sido injusto con mi padre. Tal vez ésa sea la función de los sueños, revelar nuestra fragilidad e iluminar nuestras mentiras.

Aprecio la literatura de J. B. Pontalis, el psicoanalista, filósofo y escritor francés que nació en 1924 y escribió con Laplanche el célebre *Diccionario de psicoanálisis*. Entre los libros de Pontalis, me gustan en especial los dedicados a sus sueños. Uno de ellos se llama *El que duerme despierto*. Me pregunto si mis sueños son eso, momentos de luz y sombra que buscan una verdad inexistente. Quizá nunca me curaré de mis pérdidas. Probablemente nadie se repone de sus ausencias.

En mi sueño recurrente siempre es domingo. Le reclamo a mi padre que abandone la casa a eso de las seis de la tarde. Siempre supe que se liberaba del yugo de los domingos en otro lugar mientras nosotros quedábamos presos ante la televisión. Esto no es muy grave, todos hemos sido una vez maestros del egoísmo, pero en el sueño no perdono, lo arrincono, le digo cosas horribles. En sueños soy inexorable.

Leí una hipótesis interesante. En los sueños todos los personajes somos nosotros y nadie más. Si esto fuera cierto, el hombre al que agredo con grosería no es mi padre, soy yo. ¿Por qué lo hago? ¿Me debo algo? Lo escribió Tabucchi: la vida es una cita, pero nosotros no sabemos el quién, el cómo, el cuándo, el dónde.

En otro sueño, mi padre, envenenado por la rabia, destruía la casa, arrojaba objetos a la pared, gritaba. Quienes lo conocieron saben que la ira se le daba bien. Mi madre me pedía que lo contuviera, pero un hijo nunca serena a un padre perdido en la tristeza de la cólera, esa forma de gritarle al mundo que es una mierda mientras sacrifica a las gentes que ama.

Recuerdo que salíamos a la calle en medio de aquel pleito de fantasmas, llovía, y mi padre me decía: «Te voy a matar». Psicoanalistas, ahórrense las obvias interpretaciones. Desperté perturbado, salté de la cama, me eché encima unos *jeans*, una camiseta, me puse unos tenis y salí caminar. Pero no hay solvente para los sueños terribles.

Sí, ya sé: el parricidio, las actas pendientes de la memoria que él se llevó al crematorio y yo quise ignorar, el amor dilapidado; no lo olviden: todo amor se dilapida. Me dio curiosidad que en el sueño mi padre fuera un hombre maduro, en el piso de su vejez, como yo. Había un misterio especular atractivo. ¿Quién era quién? Tal vez en ese sueño yo era el padre de mi padre, como ocurrió en sus últimos años de vida, pero nunca quise matarlo, como dicen los analistas; al contrario, su alta vejez despertaba en mí una ternura que llegaba al agradecimiento incondicional. Un absurdo, ya lo sé, pero qué le hacemos. No quiero decir que lo que uno siente sea verdad, pero se siente. ¿Sentir es la frontera de la verdad?

Borges decía que hay una tesis peligrosamente atractiva, desprendida de Addison, en ella afirma que los sueños constituyen el más antiguo y el no menos complejo de los géneros literarios.

Yo soñé un *thriller* y aún no descubro el móvil del crimen. Aunque, en realidad traía el pájaro en la mano: en una librería encontré *Conferencias en México* de André Green.

En esas páginas hay un texto con este título: «La construcción del padre perdido».

Salgo de la librería, me pierdo en la ciudad y por la noche, los fantasmas vienen a revelarme cosas, misterios.

Amigos que no me malquieren me dicen que he escrito de mi padre con rudeza innecesaria. Puede ser, pero sólo por exceso de amor. Ahora que lo evoco sé, como lo supe siempre, que él era una fiesta. Un hombre capaz de convertir un momento difícil en una revelación del más allá. Y no hablo del primer tren que trajo a casa, no me refiero al primer balón, la de gajos, ni mucho menos aquel avión colgado del techo; simple y sencillamente mi padre traía con él una celebración interior, una rara vida que todos en casa celebrábamos, empezando por mi madre.

Era un hombre escindido, partido en dos por sus pasiones. Se escondía de la depresión y ponía a la cólera delante de sus debilidades. Qué forma de enfrentarse a la vida a bofetadas inútiles, qué modo de romperse la crisma contra los muros de la frustración.

No bailaba, pero era alegre, fabulaba sin pausa y mentía como un mago, sabía querer y daba a más no poder. Así lo recuerdo ahora que la vida viene por mí para iniciar este loco viaje hacia la vejez.

Durante un tiempo, mi padre tuvo que trabajar como él detestaba hacerlo: una oficina, horario, pendientes que resolver en el día. A las once de la mañana abría una botella y se servía un fogonazo, y a trabajar. Siempre admiré que su amigo el senador priista Pepe Castillo y él discutieran en la cantina sus asuntos. Bebían brandy Don Pedro, imaginen eso. Un día mi padre decidió que el trago no le acomodaba y dejó de beber. Así se las gastaba. A otra cosa. Si digo que el egoísmo era una forma de su generosidad, nadie va a creerme, mejor no lo escribo.

Lo visité cada día de su terrible senectud, abandonado por mi madre muerta. Cuando hablaba poco, miraba más. Me preguntaba: ¿cómo van tus asuntos? Yo le contaba y él me oía con atención.

Ahora toca preguntarle: ¿cómo van tus asuntos, papá? Me diría, lo juro, que tiene problemas de dinero. Cómo persiguió el dinero a mi padre. Entonces vuelvo al principio: mi padre era un campanario.

Parque España. Seis vueltas a paso veloz e intervalos de trote lento: perros, hombres y mujeres jóvenes que hacen ejercicio. Ellas practican box. Camino sin pausa como si fuera un personaje de Beckett: *Molloy*, *Malone muere*, *El innombrable*, da igual. Los grandes marchistas quieren dejar atrás algo de su vida, ni ellos mismos saben de qué huyen; los maratonistas igual, pero extenuados y destruidos, como Mamo Wolde. No me detengo. Veo a lo lejos edificios que conozco de memoria, camellones, así se llamaban, palmeras que han muerto.

En la esquina de Nuevo León y Sonora el agua de la fuente ha regresado a borbotones. Me alegra. Entre las dos fuentes encuentro a un niño mirando el agua que sube y baja. Me acerco: el niño soy yo, unos ocho años.

—¿Qué haces? —me pregunto.

—Veo el agua.

—¿Y tu bicicleta?

—Desapareció.

—¿Qué dice mamá? —le pregunto al niño, puesto que mi madre ha muerto hace más de diez años.

Y el niño responde:

—Vamos al mercado y en la noche vemos *Domingos Her-dez*, películas mexicanas.

—¿De dinero? —pregunto.

—Nada, como dice papá, ni un quinto partido por la mitad.

—Mira: vas con mamá y le das esto —le entregué un fajo de dinero, mi padre les llamaba *mamachos* a los atados de billetes.

Yo sé lo que el niño apenas intuye: papá está vencido, pero finge ser una fiesta. Gran cualidad de mi padre, ser una celebración en medio de una hecatombe.

—Me voy —dice el niño—. Mamá se preocupa.

—Siempre preocupado —me digo. Se equivocan quienes creen que los sueños ocurren en la oscuridad, algunos pasan al margen de la noche. Así éste en el cual me encontré al caminar por el parque.

¿Y si mañana, como dictan los clásicos, salgo a caminar, le doy tres vueltas al parque, miro la torre de agua y de pronto veo a un niño? ¿Cómo vamos a llamar a eso? ¿Sueño? ¿Esperanza? ¿Ilusión? Llevaré dinero. En la verdadera noche oscura del alma siempre son las tres de la mañana. ¿Quién dijo esto?

El escritor Joseph Heller lo puso así: «He llegado por fin a lo que quería ser de mayor: un niño». También es cierto que quise ser mi propio padre. Soy ese péndulo nocturno. Me gusta escribir esto: lo que son las cosas.

FIN